마음에
여유가
없다고
느껴질 때

마음에
여유가
없다고
느껴질 때

초판 1쇄 인쇄 2020년 5월 12일
초판 1쇄 발행 2020년 5월 19일

지은이 최태정

발행인 장상진
발행처 (주)경향비피
등록번호 제2012-000228호
등록일자 2012년 7월 2일

주소 서울시 영등포구 양평동 2가 37-1번지 동아프라임밸리 507-508호
전화 1644-5613 | **팩스** 02) 304-5613

ⓒ 최태정

ISBN 978-89-6952-399-0 03810

마음에
여유가
없다고
느껴질 때

여유가 없다고 느껴지는 것들이
사는 동안 서서히 줄어들기를

최태정 산문집

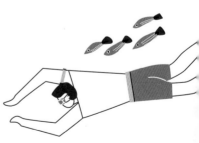

경향BP

프롤로그

우리는 각자 한 사람이지만 때에 따라 모두에게 다른 모습의 내가 되어 살아가기도 합니다. 어떤 상황에서 내가 힘들다는 건, 위기와 시련이 내 곁에 있기 때문인 것 같아요.

누구나 살다 보면 한번쯤은 느낄 삶에 대한 권태와 복잡하게 얽혀 있는 관계 속에서 오는 회의감, 내가 힘들고 지치면 같이 오는 우울감, 그때 잘 챙겨주지 못하고 보내준 사람, 어느 샌가 잊고 사는 것들, 내 마음인데 내 마음대로 되지 않고, 내 마음을 나도 알 수 없는 날들, 마음에 여유가 없다고 느껴지는 당신에게 보내는 이야기들이 작은 쉼이 된다면 좋겠습니다.

여전히 마음 아픈 일들과 서서히 멀어지기를, 무엇보다 당신의 마음에 여유가 없다고 느껴지는 것들이 사는 동안 서서히 줄어들기를, 뜻하지 않은 일로 마음이 소란스럽지 않기를 바랍니다.

차례

1부. 삶은 지속되고 일상은 반복된다

2부. 아무도 몰랐던 이야기

3부. 세상은 넓은 숲, 나는 외로운 나무

4부. 혼자 살아도 혼자는 아니야

삶은
지속되고
일상은
반복된다

돈은 없고, 기죽기는 싫고

이 책을 준비하면서 다양한 소스를 얻기 위해 인터뷰를 하고 다닐 때였다. 내가 만난 사람들 중 십중팔구는 마음에 여유가 없는 까닭으로 돈을 꼽았다. 먹고살기 위해 일을 하고 월급을 받아도 나를 위해 쓰거나 미래를 위해 저축하는 돈을 늘릴 수 없고, 돈은 버는데 이상하게 돈이 없다며 입을 모았다. 생각해보니 나 역시 그랬다. 이번 달은 좀 빠듯하다는 아쉬운 소리를 하기 싫었기에 갑자기 집에 일이 생기거나, 요즘 회사가 너무 바쁘거나, 심한 감기몸살을 앓고 있는 사람이 되어야 했으니 말이다. 금전적인 여유가 없다는 건 사람을 종종 비참하게 만들었고 마음의 여유도 함께 앗아갔다.

이런 이야기들이 비단 이삼십 대인 나의 지인들만의 일은 아닐 것이다. 세대를 막론하고 금전적인 여유가 없을 때 오는 여러 가지 불편함과 초라함은 같을 것이다. 누구보다 착실하게 살고 있지만 세상은 그저 열심히 산다고 해서 나를 부자로 만들어주지 않는다. 평소엔 괜찮다가도 아픈 걸 참아가며 일을 해야 하는 날이면 이런 내 처지가 더욱더 서러워진다. 불현듯 내 인생이 서글퍼지기도 한다. 현실에 대한 불만족과 미래에 대한 불안감도 함께 앓는다. 가끔 내 인생에 내가 없는 것 같을 때도 많다. 하지만 어떤 이유로든 바닥을 쳐본 적이 있다면 다시는 그런 일을 겪지 않기 위해 나에게 더 철저해지는 건 어쩔 수 없다. 역사는 반복된다지만 내 암흑기마저 되풀이할 수는 없지 않나. 돈이 있다가 없어지는 건 한순간이지만, 돈이 없다가 다시 생기기까지의 과정은 그만큼의 시간과 노력이 들기 마련이다. 맨몸으로 버티는 날들은 춥고 고달프기만 하다. 들어오면 빠져나가기 바쁜 정해진 돈에 맞춰살다 보면 여유는커녕 빚만 없어도 좋겠다 싶기도 하다.

언제쯤 돈에 쫓기지 않고 세상을 조금 더 부드러운 시선으로 볼 수 있을지, 금전적인 여유가 있다면 매사 조금 더 너그러운 마음을 가질 수 있는 것인지에 대해서도 종종 생각한다. 심적인 평온함과 경제적인 안정감을 언제쯤 누릴 수 있을지, 겉으로 티는 안내도 나는 늘 노심초사하는 모양새를 갖추고 있다. 나와 같이 걷는 사람들 사이에서 뒤처지지 않고, 내가 한 만큼 나를 뒤따라올 행복을 지켜가는 삶을 살고 싶다.

너무 과하게 욕심 부린다거나 너무 나를 내려놓지도 않으면서 그렇게. 나는 그저 나라는 여유를 가지고 제대로 누리며 그렇게.

잘하고 있고
잘될 거라는 말

영화 〈엑시트〉에 이런 대사가 나온다. "요즘 유행이야? 밑도 끝도 없이 잘될 거라고 하는 거?" 나는 그 말에 전적으로 공감했다. 언젠가부터 SNS상에는 잘하고 있고, 잘될 거라고 하는 글귀들이 일종의 전염병처럼 퍼져 나갔다. 그때마다 '아니, 사람들이 정말 저런 뻔한 말에 힘을 얻고 위로를 받는다는 거야?'라는 생각을 자주 했다. 그 무렵 나는 전례 없던 침체기를 겪고 있었는데도 그런 말들이 힘이 된다거나 와닿지 않아서였다. 그때는 나조차도 내가 낯설 만큼 삶의 전반에 걸쳐 권태가 왔고 일상도 엉망이었다. 그럼에도 정작 힘들 때면 누구에게든 힘든 일을 속 시원하게 털어놓을 수 없었다. 그러다 보니 항상 마음속에 20~30% 정도는 언제부터 쌓였는지 알 수 없는 답답한 것들이 깔려 있었다. 그것들을 늘 부둥켜안고 사는 듯한 느낌을 받았다. 오랜 습관처럼 괜찮으니 걱정 말라는 말만 앞세우고 남몰래 하나도 괜찮지 않은 내 걱정을 하며 자주 위태로웠다. 해가 바뀌어도 별반 다를 것 없는 날들을 살았다. 특별하게 잘된 일도 없었고, 잘될 거라고 하기엔 새로운 것을 계획하고 있지도 않았다. 오랜만에 연락 온 친구가 내 안부를 물으면 "나야 뭐 늘 똑같지"라는 말을 단골 멘트로 써먹을 뿐이었다.

그때는 도통 안 써지는 글을 붙잡고 내 눈에만 보이는 나의 한계를 체감하기도 했다. 한 문장을 겨우 쓰고 '아, 이건 아닌데' 하며 지우기를 반복했다. 모니터 앞에 앉아 맞지도 않는 퍼즐을 끼워 맞추는 듯한 기분마저 들었다. 밤새 마른 걸레를 쥐어짜듯 압박감에 써 내려간 글들은 아침에 다시 읽어보면 속이 메스꺼울 정도로 형편없었다. 그런 조각 글들은 일제히 창고로 직행되었고, 나는 좀처럼 새로운 소재나 이야깃거리를 떠올리지 못했다. 이젠 나도

'잘하고 있다, 잘될 거다, 그런 글을 써야 하나' 싶을 정도로 갈피를 못 잡고 괴로워했다. 그런 날이면 잡동사니들만 잔뜩 쌓아놓은 것 같은 머릿속을 바깥에서 걸어 잠그고 집을 나섰다. 친구를 만나 술을 마시며 이런저런 나의 고충을 털어놓았다. 그러자 친구는 이런 말을 했다.

"나는 반대로 그런 뻔한 말이 없어서 네 글이 좋아. 살아보니까 '잘하고 있다'는 말이 위로할 수 없는 상황이 있더라고. 네가 처음 글을 쓰게 된 게 남을 위로하기 위해서는 아니잖아. 듣기 좋은 말이라고 사람들 반응이 언제까지 매일 좋겠냔 말이지. 그냥 너는 네가 하고 싶은 대로 해. 안 어울리는 말 하지 말고. 그게 가장 네 마음이 편할 거야."

친구의 말을 듣는 순간 그동안 나는 열 마디의 힘 빠지는 말보다 나를 잡아끄는 강한 한마디가 절실했음을 깨달았다. 구체적이고 확실한 위로를 받은 탓에 급기야 눈물까지 흘릴 뻔했다. 스스로에 대한 확신과 용기가 있어야 했는데 그게 없었던 나를 인정했다. 남들보다 앞서가기 위해 당장 눈에 보이는 누군가의 뒤를 쫓는 게 아니라 롱런할 수 있는 발판을 갖추는 것이 나중의 나를 위해서도 옳은 거란 전구에 불이 켜졌다. 스스로 슬럼프의 늪에서 걸어 나오게 했던 친구의 말은 그 뒤로도 가끔씩 풀리지 않을 때마다 마음을 다잡는 데 큰 도움을 주었다.

물론, 잘하고 있고 잘될 거라는 말이 가진 힘도 분명 있을 것이다. 더 잘하려고 애쓰다가 제풀에 지친 사람과 새로운 시작을 앞둔 사람을 진심으로 응원하고 싶을 때 그런 말을 주고받기도 할 것이다. 누구보다 잘하고 있는데 그걸 본인만 모른다거나, 너무 많은 걱정으로 잔뜩 움츠러든 사람에게 그런 말들은 오랜 가뭄에 단비 같을 테니까.

어쩌면 어른으로 산다는 건 그럴지도 모른다. 삶은 지속되고 일상은 반복된다. 그래서 때론 권태와 무료함을 만나기도 한다. 하지만 우리는 그럼에도 불구하고 살아가고 있다. 사람 일은 모른다는 말이 꼭 불안감을 동반하지는 않는 것처럼, 뭐가 됐든 이 힘든 순간들은 나를 스쳐 지나갈 뿐 나와 함께 평생을 살지 않는다. 때론 그 사실만으로도 충분히 위안이 된다. 지금껏 한 번도 경험하지 못했던 내 가슴을 뛰게 할 일들이, 감동적이고 벅찬 순간들이, 눈물겹도록 행복한 날들이 가까운 미래에서 분명 나를 기다리고 있다. 인생이란 마치 어딘가에 숨겨져 있는 보물찾기를 하는 것 같을 때도 있지 않은가. 설령 지금의 나는 행복하지 않다는 생각이 들어도, 오늘의 나는 내일 새로이 다가올 나를 미리 걱정하거나 지금의 나를 하찮게 여기지 말아야 할 것이다.

힘들어하는 사람에게 싱거운 말을 건네기보단 구체적이고 확실하게 힘이 되어주는 건 어떨까? 따뜻한 밥 한 끼를 같이 먹고, 혼자라고 느껴지는 날 곁에 남아 온기를 전하며 존재 자체로 위로가 되어주는 건 꿈같은 일일까? 잘하고 있다는 말이 막연하게 느껴져 와닿지 않을 때마다 내 일은 내가 알아서 잘하는 배짱 두둑한 나를 한 번 더 믿어보는 것이 어려운 일일까? 슬럼프에 미끄러지더라도 다시 일어날 수 있는 용기를 주는 것들을 두 손에 쥐여주고, 가는 길을 배웅해주는 사람이 되기는 힘든 걸까? 언젠가 정말 손꼽아 기다린 각자의 좋은 날들이 서로가 함께하면 내 일처럼 같이 기뻐해주는 사람 하나쯤은 곁에 있을 텐데.

흔하지 않은 서로에게 뻔하지 않은 말을 건네고 똑같지 않은 매일을 색다른 기억들로 채워가는 것. 유독 힘든 날도 평범하게 흘려보낼 수 있도록 눈물이 나기 전에 이마에 맺힌 땀부터 닦아주는 것. 서로에게 작은 쉼이 되어 나를 괴롭히는 것에서 잠시 물러서는 것. 이런 것들은 마지막과 끝을 향해 달려가는 것보다 새로운 매일에 다가서는 것에서부터 천천히 당신에게로 올 것이다.

순간을
기다리며 살아요

우리 회사 300명의 직원들이 월급날까지 기다리는 날짜 30일, 직원들 통장으로 급여가 입금되는 시간 30분. 첫사랑과의 3년 연애에 종지부를 찍은 장면 3분, 아무도 사랑하지 않고 혼자 지낸 기간 3개월, 누군가에게 내가 첫눈에 반해버린 순간은 고작 3초. 오래 기다린 것들이 내게 주어지는 시간은 한순간이었다.

한때 사랑했던 사람이 문득 떠올라도 아무렇지 않을 때, 오랜 시간을 함께한 친구가 없는 주말도 그럭저럭 흘러갈 때, 그동안 힘들었고 아팠던 일들이 끝날 때, 누군가 내가 요리한 그 음식의 첫맛을 볼 때. 오래 준비한 것을 마침내 세상에 공개할 때처럼 어떤 결과물을 마주하는 것 또한 한순간이었다.

　어렵게 사람을 만났고 힘들게 사람을 잊었던 만큼 그 사람의 영향권에서 벗어나는 그 순간, 그렇게 나는 스스로 정말 괜찮아지는 순간을 기다리며 살았는지도 모른다. 뭔가를 다시 시작할 때 마음에 걸리는 게 하나도 없는 그런 순간을. 지나간 일을 떠올려도 가슴 아프지 않은 순간을. 많이 아팠던 이야기도 무덤덤하게 눈물 없이 말할 수 있는 순간을. 아팠던 마음이 회복된 후에 개운한 마음으로 새로운 누군가와 사랑에 빠지게 되는 그 순간을….

시간을
맞춰간다는 것

몇 년 전 이맘때쯤 편도가 심하게 부어서 결근을 했던 날이었다. 병원에 갔다가 개인적인 볼일도 볼 겸 시내에 나갔는데 그때 우연히 한 친구를 거리에서 마주쳤다. 보자마자 서로 이 시간에 여긴 웬일이냐며 반가워하다가 근처 카페에서 커피를 마셨다. 약속 없이 갑자기 너를 만나니까 좋다고 내가 말하자 친구도 평일 오후에 나를 보니 좋다고 했다. 친구는 지난 주말 모임에 나오지 못한 것을 재차 미안해했다. 친구는 평일에 쉬고 주말에는 일을 한다. 나는 일 때문에 그런 걸 어쩌겠냐며 괜찮다고 했다. '우린 또 언제 보나…' 하며 다음을 기약하다가 어차피 평일이든 주말이든 다음날 피곤한 건 똑같으니 요일에 상관없이 자주 보고 살자며 대화를 마무리했다. 우린 각자 맞은편에서 집으로 가는 서로를 눈빛으로 배웅해주었고, 이후 그 친구와 나는 서로에게 '화요일의 사람'이 되었다.

주위를 둘러보면 나와 휴일이 맞지 않는 사람들이 있다. 서로 간의 타이밍이란 날짜와 시간이 딱 들어맞지 않을 때가 더 많으니 종종 아쉽다. 아무리 같은 날이 겹쳐도 만나지 않는 사람들도 있고, 아무리 멀고 시간이 맞지 않아도 서로 맞춰가며 만나고 사는 사람들도 있다. 그렇게 놓고 보면 거리나 요일, 낮과 밤은 중요하지 않을 지도 모른다. 누군가를 위해 시간을 할애하고 거리를 좁혀가며 달려가는 사람의 마음이 중요한 거니까.

시간을 써서 만나는 사이에 내가 편한 시간에만 사람을 만나려고 하는 것만큼 이기적인 게 있을까. 주고받는 마음과 오고가는 시간 속에 더 싹트고 깊어지는 게 관계일 텐데 말이다. 누군가 굳이 나를 보러 내가 있는 곳까지 온다는 건 결코 당연한 일이 아니다. '내가 돈을 쓰니까 네가 와야지', 혹은 '나를 보려면 네가 와야지'와 같은 생각으로 사람을 만나는 건 굉장히 위험하다. 언젠가 한쪽이 발길을 끊기면 둘은 영영 만나고 살지 않는 사이가 될 수도 있기 때문이다. 그러니 누군가를 만나기 위해 집 밖을 나선다면 다시 집으로 돌아올 거리와 다음날 피곤할 것을 미리 염두에 두지 말자. 그저 마음이 가는 대로 가자. 오늘이 아니라도 내일과 다음이 있는 거겠지만 그 사람에겐 지금 이 순간 내가 그 누구보다 간절하고 절실할지도 모른다. 아무나 만날 수 없는 날이면 더더욱 그럴 것이다.

쉽게 깨지지 않고 오래 잘 이어가는 관계를 유지하는 사람들은 서로 다른 삶의 패턴을 머리로 이해하고 마음으로 받아들인다는 공통점을 갖고 있다. 앞으로 서로에게 얼마의 시간이 더 남은 것인지 모르는 만큼, 내게 와주는 사람과 내가 찾아갈 수 있는 누군가가 있다는 사실을 감사한 마음으로 받아들이면 서로를 향한 발걸음이 고단하지 않을 것이다. 내가 사랑하는 사람들과 시간을 맞춰가는 것. 매일 누군가와 우리를 위한 걸음을 걷는 것. 각자의 시간에 서로를 담고 머릿속에 오래 남을 필름들을 사는 동안 가능한 한 많이 남겨두고 싶다.

분산투자

밀집된 관계보단 분리형 관계가 좋다는 생각이 드는 요즘이다. 친구 A, B, C를 포함 나까지 넷이 동시에 속한 관계보다는 나와 A, 나와 B, 나와 C가 맺는 관계가 따로 있는 게 심적으로 부담 없고 편하기 때문이다. 나에게는 고등학교 동창 세 명과 사회생활을 통해 사귄 친구가 셋 있다. 이들을 3:3으로 나눴을 때, 나를 둘러싼 여섯 명의 각기 다른 친구들은 서로의 이름 정도는 알고 있지만, 굳이 그 친구들을 소개해 달라거나 같이 어울릴 자리를 만들어 달라고는 하지 않는다.

동창들과 다 같이 모일 약속을 잡을 때면 다들 시간은 언제가 괜찮은지, 장소는 어디가 편한지, 식사 메뉴는 어떤 게 좋을지를 의논한다. 중간에 연락되지 않는 친구에겐 누군가가 따로 연락하기도 한다. 하지만 나와 1:1로 관계를 맺고 있는 친구와 나는 그러지 않는다. 누구 하나 오늘 안 된다고 하면 흐지부지되기 쉬운 둘 이상의 모임과는 달리, 복잡한 절차 없이 약속을 잡고 바로 볼 수 있으니 빠르고 간편해서 좋다.

하지만 단체로 속해 있는 관계에서 나만 떨어져 나온다면 그들은 나 하나를 잃는 거겠지만, 나는 대다수를 잃게 되는 위험부담도 있다. 그게 두려워서 조금 마음에 들지 않아도 참고 이해하며 마지못해 그 관계를 유지하는 사람들도 적잖게 본다. 1:1인 관계에서도 각자 틀어지면 서로를 잃는 거겠지만 분리형 관계에서 A가 없어도 B가 있고, B가 없어도 C가 있다는 건 여럿에게 얽매이면서 불필요한 스트레스를 받지 않아도 되므로 불행 중 다행이기도 하다. 아니라는 생각이 드는 것에 대해 조금 더 이성적으로 생각할 수 있으니 말이다. 여기저기 걸쳐두고 간 보는 게 아니라 한쪽으로만 쏠리는 현상과 나만 빈털터리가 되는 것을 미연에 방지하자는 것이다. 어떤 상황이 와도 모두를 잃지 않는다는 건 내가 받을 가장 확실한 위안이 될 것이다.

해외여행을 가는 사람들이 소매치기를 대비해 바지 주머니 앞뒤로 돈을 나눠 넣어두는 것처럼, 하나에 올인하기 보다 여러 곳에 조금씩 나누어 최악의 상황을 면하는 게 효율적이다. 인간관계에서 나를 몇 등분으로 쪼개어 비치하는 것은 나의 가치가 전멸하는 것을 막아준다. 조금씩 마음을 나눠 둔다고 해도 상대방에겐 내가 줄 수 있는 100%를 투자하는 것과 다름없다. 나중에 최악의 상황이 와서 단 1%의 나만 남아 있다고 해도, 내가 곳곳에 분산시켜 놓은 것들이 모인다면 다시 100%의 나로 채워지기까지는 오래 걸리지 않을 것이다.

그런 이유로 관계에서도 분산투자가 필요하다는 생각이다. 주식을 잘 모르는 사람들이 처음 시도하는 방식처럼, 사람에게 겁이 많은 당신이 사람을 잃지 않기 위해 첫수를 두는 방법처럼. 모두가 좋아하는 나를 누군가는 당연해하고 누군가는 서운하게 생각하지 않게 하려면 언제 어떤 일이 생기더라도 내가 나를 잃어버리는 일은 없어야 하니까.

삶의 질을
높이는 방법

자취를 시작한 친구가 집들이에 초대했다. 친구는 웬만한 건 다이소에서 다 샀으니 올 때 술이나 양손 무겁게 사 오라고 했다. 여럿이 모여 친구의 집을 구경하고 빙 둘러앉아 밥을 먹었다. 친구는 다이소를 극찬하며 필요한 것을 저렴하게 사서 집안에 채워 넣으면 삶의 질이 높아지는 것 같은 기분이 든다고 했다. 그날 모인 친구들은 삶의 질을 높이는 방법에 대해 각자의 경험을 토대로 이야기했다.

그 무렵 나는 지인이라기엔 복잡하고 내 사람이라고 하기엔 가벼운 사람 때문에 골치 아파하다가 그 사람을 정리한 직후였다. 그래서 나는 삶의 질을 높이는 방법으로 '끊어야 할 사람만 제때 끊어도 삶의 질이 향상되더라'고 말했다.

친구들은 내 말에 일제히 고개를 끄덕였다. 난 그동안 그 사람 하나 때문에 정신적, 육체적으로 피폐해졌고 심란했다. 그건 곧 내 삶의 질이 낮아진 것 같은 기분과 불만족스러운 것들만 쌓여가는 느낌을 줬다. 사람 자체가 스트레스가 되는 상황을 견디지 못해 그 사람을 정리하고 나서야 비로소 내 삶의 질이 향상됐다는 건 슬프지만 사실이다.

인간관계에서 보기 싫은 사람은 안 보면 되는데 막상 쉽지 않다. 마음에 들지 않는 직장 상사에게 "제발 좀 안 보고 살았으면 좋겠어요"라고 말할 수 없다. 하지만 일적인 것들 외에 내가 개인적으로 맺은 인간관계에서는 할 말은 해야 한다고 생각한다. 내가 좋아하는 사람들에게 고맙고 미안하다는 말부터 표현할 수 있을 때 표현해야 한다. 나랑 안 맞고 아닌 것 같은 사람에게도 '계속 이런 식이면 더 이상 만남을 이어갈 수 없다'는 입장을 표명해야 한다. 그저 꾹 참고 속으로 끙끙 앓으며 마지못해 관계를 이어가는 것은 나에게 해롭다. 나에 대한 결정권은 나에게 있다. 어떻게든 덜 보고 안 보려고 피하고 머리 쓰는 것보단 주변 정리를 매끄럽게 하는 게 나에게 더 중요하다.

삶의 만족도가 100%인 사람은 없을 것이다. 그런데 스스로에게 마이너스가 되는 것들과 불필요한 것들을 끌어안고 버텨야 할 이유가 있을까. 그럴 필요는 없다. 냉정하게 생각하라는 게 아니라 전보다 침착해져야 한다는 것이다. 오늘 살고 내일 죽더라도 인생은 능동적으로 살아야 하지 않을까. 천 원짜리 물건 하나가 사람의 삶의 질을 높여주기도 하는데 생각만 해도 십 원짜리 욕이 나올 것 같은 사람이라면 그가 나에게 1원어치의 가치라도 있을까. 서로가 이성을 잃기 전에 나부터 이성적으로 생각하고, 나를 순간적인 감정으로 대하는 사람으로 인해 내 기분과 감정까지 상하는 일은 없어야 한다. 하나도 나아지는 것 없이 병들기만 하는 악순환은 미연에 방지해야 하지 않을까. 누군가에게 쉬운 사람으로 인식돼 내 가치를 떨어뜨리는 것을 자처하는 사람은 없다. 서로의 값어치를 돈으로 환산할 수 없는 사람도 있지 않나. 서로에게 물질적인 것을 바라고 그게 충족되지 않으면 서로를 쓰다가 버리는 일회성이 아닌, 관계를 지속할 수 있도록 그저 서로에게 '서로'라는 가치를 두는 것. 그게 곧 나와 우리의 가치를 드높이게 할 것이다.

우리 사이에
그 정도쯤이야

　상대가 어떻게 하느냐에 따라 '아 다르고 어 다르다'
는 것을 실감할 때가 있다. 서로가 동등한 관계에서 "우리
사이에 그 정도쯤이야!" 하는 것은 기꺼이 나를 위해 약간
의 불편을 감수하겠다는 의미로 와 닿아서 정말 고맙게
느껴진다. 이 사람이 내게 해주는 것 이상으로 내가 더 해
주고 싶기도 하다. 하지만 "우리 사이에 그 정도도 못 해
주냐"라는 식의 말투나 표정, 행동을 보면 나를 당연하게

생각하는 것 같아 기분이 좋지 않다. 도대체 우리 사이가 뭐길래 나에게 무례하게 구는 것인지 의아해진다. 그 사람에겐 내가 한낱 주변인에 불과했는데 '나만 내 사람으로 들였나' 싶기도 하다. 같은 말을 받아들이는 내가 한쪽으로 치우쳐 감정적으로 대처하는 게 아니다. 그런 기분은 단순히 한 번의 상황으로만 느끼는 게 아니다. 뭘 시키려면 돈이라도 주든가. 말을 밉게 하는 사람에겐 도무지 웃어줄 수가 없다.

그런 사람은 내가 힘들다고 하거나 무슨 일이 생겼다고 해도 '너만 힘든 거 아니다', '겨우 그런 일 가지고 그러느냐', '그럼 다른 사람들은 벌써 다 죽었을 거다' 하는 식으로 공감능력이 결여된 사람처럼 되받아친다. 본인 일에 내가 그렇게 말했더라면 아마 칼부림이 났을지도 모를 일이다. 나는 이렇고 이런 사람이라며 본인이 자신에게 부여한 의미를 나에게 강조할 때도 있다. 나 역시 그 사람을 적어도 그 정도는 생각해줘야 한다는 듯이 말이다. 본인 위주로 나를 생각하고 판단하는 사람이다 보니 적어도 나보다는 서로인 '우리'와 각자인 '둘'을 생각하지 않는 것 같다. 강가에서 사는 물고기와 바다에서 사는 물고기의 환경이 뒤바뀌면 서로의 환경을 이해하기는커녕 적응할 수 없어 곧바로 죽기 마련이다. 서로를 담을 그릇이 서로가 아님을 절실하게 깨닫는 순간이다.

　관계는 잘 아는 사이에서 죽고, 전혀 모르던 사이에서
새로 태어나기도 한다. 각자가 구축해온 환경이 낯선 서
로가 서로에게 잘 적응할 수 있게 하려면 그 첫 단추는 배
려 섞인 말과 행동일 것이다. 무심결에 뱉은 말과 은연중
에 나오는 행동은 속임수로 가려지는 게 아니기 때문이
다. 내가 존중받고 싶으면 그만큼 상대방을 존중하면 되
는데 세상에는 그게 싫어서 손 안 대고 코 풀고 싶은 사람
들이 많은 것 같다. 그럴 땐 나 혼자 애쓰면 나만 힘들다.
내가 도저히 어떻게 할 수 없는 사람에겐 나 역시 하나도
맞춰주지 않는 편을 택하자. 그럼 머지않아 그 관계는 이
상기류에 휩쓸려 자체적으로 소멸하기 마련이다. 원래 있
던 나의 환경은 비 온 뒤에 하늘이 맑아지는 것처럼 자연
정화될 것이다. 그런 사람을 상대할 시간에 나를 위한 수
고스러움을 생색내지 않는 사람과 마주 보며 한 번 더 웃
고, 여유롭게 티타임을 갖는 게 정신 건강에 이롭다. 인생
은 좋은 사람들만 만나기에도 턱없이 짧다.

내가
지켜야 할 말

　오랜만에 친구를 만난 날, 친구는 그저 근황을 전했을 뿐인데 나는 사소한 것부터 굳이 안 해도 될 이야기까지 쏟아내고 온 것 같았다. 이런 날은 집으로 돌아가는 발걸음이 무겁다. 그럴 때면 오늘 그 친구를 만나기 전보다 헤어진 후에 더 촘촘하게 연락하는 나를 본다. 나도 모르게 그 친구의 동태를 살피게 되는 것이다. 평소처럼 연락이 오고 다음날에도 연락을 하고 며칠 뒤에 또 만날 약속을 잡으면 그나마 마음이 편해진다. 하지만 그렇지 않을 땐 잠들기 전까지 한참을 뒤척일 때도 있다.

'괜히 말했나', '그 말은 하지 말걸' 싶은 장면들이 끝없이 내 머릿속에서 반복 재생된다. 내가 했던 말을 오해하는 건 아닐지, 그 말에 혹시 상처를 받진 않았을지, 나를 자책하는 밤이 길다. 의도한 상황이 아니다 보니 계속 심란하다. 나를 보내고 그랬었다는 친구의 이야기를 뒤늦게 들었을 때에도, 친구를 배웅해주고 한 며칠 내가 그랬을 때도 그랬다. 과하지도 부족하지도 않은 적당함을 유지하고 싶은데 그건 늘 어렵다. 그저 반가운 마음에 말이 많아지고, 그날따라 피곤하다는 이유로 건성으로 듣게 될 때면 뒤늦게 신경 쓰인다. 그 친구라면 나의 그런 모습과 그런 말들을 대수롭지 않게 여길 거라는 합리화도 하게 된다.

그런 경험을 하고 나면, 누군가가 나에게만 털어놓는다던 비밀 이야기나 나에게 누군가를 험담했던 말들을 퍼뜨리거나 당사자에게 전하지 않게 된다. 그 말들이 입 밖으로 나가면 계속 돌고 돌아 결국 나와 누군가의 관계를 깨뜨릴 것을 알기 때문이다. 나중에 알고 보면 나만 아는 이야기인 줄 알았는데 이미 그전부터 모두가 알고 있었던 적도 있고, 시간이 지나면 예전에 그 사람이 본인을 험담했다며 속상해하는 사람을 보게 되기도 한다. 그럴 때마다 '그랬구나, 그런 일이 있었구나' 하고 이제 안 것처럼 대응하면서도 사람에게 실망하는 것의 첫 단계는 항상 말이었다. 그래서 더더욱 조심하게 된다. 이 사람에게 하고 싶은 말도 덜 하게 되고 어떤 말은 생각만 하고 말하지 않게 된다. 말을 한다고 해서 달라질 것은 듣는 사람의 기분이 다일 테니까.

그래서 가끔은 사람과 사람 사이에 꼭 필요한 말이라는 게 어디서부터 어디까지일까 생각하게 된다. 때론 내가 참고 말하지 않는 것처럼 상대방도 그런 말을 하거나 전하지 않았으면 좋겠는데 둘의 사인은 자주 어긋난다. '그런 말을 나 기분 좋으라고 하는 거냐'며 의도치 않게 다툼으로 번질 때도 있다. 그런 이유로 가면 갈수록 말을 아끼게 된다. 하지만 때로 나의 의지와 상관없이 많은 말을 하게 될 때, 듣는 사람이 지루해하거나 딴청을 피우는 걸 보면 의기소침해지기도 한다. 과하게 나를 설명하고 나열한 것들을 되새기지 않는 것. 혹 분란을 야기하거나 상처가 될 수 있는 말을 삼키는 것. 그럼 그것들은 큰 문제 없이 아무것도 아닌 게 된다. 말 한마디로 시작되고 끝나기도 하는 게 관계 아닌가. 나의 평판과 이미지를 좌우할 수 있는 내 말에 내가 흠집 나지 않아야 하므로, 말이 많아지거나 없어지는 순간이 오면 종종 나와 마주앉아 있어야 할 것이다.

지나친 자책은
독이 된다

왜 내가 하는 일마다 이런 식인지, 이게 다 나 때문인 것 같고 나에게 문제가 많은 것 같다는 생각에 스스로에게 묻는 질문들. 과연 타당한 것일까? 그렇지 않은 경우가 더 많다. 적어도 나에게는 타인에게 책임을 떠맡기고 나만 뒷길로 빠져나오려는 나쁜 마음이 없다. 주위를 둘러보면 본인은 잘못한 것도, 그 어떤 문제도 없다고 생각하는 사람이 꼭 하나씩 있지 않나. 나는 잘하려고 했는데 무엇 때문에, 나는 그러고 싶지 않았는데 누구 때문에, 갖가지 핑계를 대며 발 빼기에만 급급한 사람들을 보면 나는 내 탓만 하고 있는 게 애석하다. 그래도 나는 그런 사람들과 달리 문제를 똑바로 인지하고 있고, 감정적으로 대처하는 건 아니기 때문에.

그러니 나를 자책하기보다 자체적으로 문제의 원인을 파악해보자. 이렇게 될 수도 있고, 그러면 이런 문제가 생기고, 그러니 이렇게 하면 안 된다는 것. 이번에 내가 틀렸다면 '다음엔 참고하고 조심해야지' 하며 안 그래도 놀란 마음을 진정시키자. 나의 외부에서 벌어진 일로 인해 내 공이 하나 더 늘었다고 생각하자. 내가 자책한다 해서 다른 사람들이 내가 반성하고 있다고 생각하지 않는다. 오히려 내 탓으로 넘기면 그만일 아주 좋은 건수를 잡은 것처럼 반기기도 한다. 잘되면 내 탓, 안 되면 남 탓이 주를 이루는 이기적인 세상에서 나의 잘못을 바르게 인정하는 것은 필요하다. 하지만 너무 과한 자책은 마치 거머리처럼 나에게 달라붙어 용기와 의지를 뺏어간다. '내가 뭐 어때서!'라고 기세등등하다가도 '내가 뭐라고…' 하며 괜히 기죽게 한다. 내가 잘할 수 있는 것에도 뒤로 물러서게 하고, 내가 알고 있는 것도 혹시 잘못 알고 있는 걸까 봐 말을 아끼게 하기 때문이다.

그러니 한 번의 실수를 너무 큰 잘못으로 받아들이거나, 잘하고 싶은 마음에 무리하다가 망쳐버린 일에 대한 모든 책임을 내가 다 떠안지 말자. 하다못해 내가 착한 게 죄라면 그보다 억울한 일은 없을 거니까.

내 코가
석자

몇 년째 혼자 지내고 있는 친구는, 주위에서 연애하는 모습도 보고 싶다고 하면 "나 하나 먹고살기도 빠듯한데 연애는 무슨… 그리고 연애는 나 혼자 하냐"라며 체념한 듯 말하곤 했다. 돈을 쌓아놓고 연애를 하는 사람이 몇이나 되겠냐마는 일도 바쁘고 시간도 없고, 오래 혼자 있다 보니 쓸데없이 눈만 높아졌다고 했다. 이렇듯 어쩌면 여러 가지 여유가 없다는 이유로 때로 내게 가장 필요한 것을 접어두고 사는 건 아닐까. 나를 위해 돈을 쓰기에도 풍족지 않은 사람이 어디 한둘일까. 먹고 싶은데 비싸다고 먹지 않고, 사고 싶은 것보다 적당한 것을 사고, TV프로그램이나 책을 통해 여행에 대한 대리만족을 하는 것. 어쩌면 나의 모습이 아닌가.

한 계절에만 집중적으로 피고 지는 꽃들과 제철 음식들, 지금이 아니면 지나가버릴 것들을 알게 모르게 많이 지나쳐온 것 같을 때. 엉뚱한 것을 보고 재미없는 것들만 한 탓인지 눈은 건조해지고 일상도 침침하게 느껴진다. 아무것도 하지 않으면서 심심하다고 말하는 것처럼 말이다. 눈 뜨는 아침부터 잠들기 전까지 매 순간이 피곤하다. 한번 쌓인 피로는 좀처럼 풀리지 않는다. 잠이 부족해서 아침밥을 거르기도 하고, 피로가 몰려와 저녁도 안 먹고 잠들 때도 있다. 돈 몇 푼 더 벌어보겠다고 아픈 몸을 이끌고 현관문을 나서기도 한다. 그렇게까지 했는데 나아지는 게 없을 때, 하는 수 없이 지친다. 약봉지를 입안에 털어 넣고 앓아누우면 모든 게 다 서럽다.

종종 나를 만나 술잔을 기울이는 미혼의 친구들은 사랑하는 사람이 있어도 선뜻 결혼까지 생각하지 않는다고 한다. 신혼의 단꿈에 젖을 새도 없이 지금의 생활이 지속

될 것 같아서다. 그런 이유로 결혼은 일찌감치 포기하고 내 인생을 살겠다고 부모님께 못 박아둔 지 오래라고 했다. 배우자로 인해 형편이 나아지기를 꿈꾸기보다 '특별한 능력이 없는 나로 인해 내 배우자도 힘들어지지 않을까'를 먼저 걱정한다는 것이다. 요즘 젊은 세대가 결혼을 안 하려고 하는 게 마치 보편적인 것처럼 그저 혼자 사는 게 편하다는 어딘가 외로워 보이는 핑계를 댄다.

나름 자신의 분야에서 성공한 친구들도 마찬가지다. 내가 능력이 있으니까 군이 결혼해서 양가 부모님 사이에서 눈치 보고 얽매이는 것을 원하지 않는다는 것이다. 그쯤 되면 부모님의 안목도 높아져서 아무나 식구로 들이지 않으려 한다고. 결혼이란 게 사랑 하나로만 되는 건 아니지 않느냐고 말이다.

지금 내 생활에 만족하는 사람들이나 지금 내 삶도 버거워서 누군가와 함께 살아가는 건 꿈조차 꾸지 않는 사람들. 혼자가 편하다는 말은 이러한 양면성을 가질 것이다. 지금은 아무도 사랑하지 않더라도 '그래도' 함께하고 싶은 사람이 생긴다면 그때는 서로가 서로의 여유가 되어줄 수 있을까. 혼자가 편한 게 아니라 혼자 살아야 편할 것 같은 이 암울한 현실에서 하루 빨리 벗어났으면 좋겠다.

3인칭
관찰자시점

    사랑을 예로 들자. 1인칭의 '나'와 2인칭이 되는 내가 사랑하는 사람, 3인칭의 주위 사람들. 제삼자들은 보고 겪은 것을 바탕으로 가끔 나에게 '나라면 절대 그러지 않는다', '나였다면 이랬을 것이다'라고 주입시키기나 '그걸 그렇게 했어?', '내가 다 화가 난다'며 감정이입하기도 한다. 하지만 애정 어린 잔소리라도 잔소리다. 그들은 상황에 따라 어떤 날엔 다른 사람들은 어떻게 사는지 궁금해 여기저기 기웃거리는 구경꾼처럼 느껴진다.

물건을 하나 사더라도 다른 사람들의 의견에 따라 구매 의사를 결정하듯 연애를 시작하면 주위 사람들에게 다 보여주고 그들의 평가에 따라 관계를 이어가거나 정리하는 사람을 본 적이 있다. 본인의 인생인데 지나치게 남에게 의존하는 경향이 있었다. 제삼자의 시선도 중요하지만 요즘같이 각자의 개성을 존중하는 시대에 굳이 나의 의사보다 남의 눈치를 먼저 살펴야 할까. 내가 사고 싶으면 사고, 내가 좋으면 계속 만나면 되는 것 아닌가. 나 대신 입고, 나 대신 만나줄 것도 아닌 사람들의 반응에 따라 휩쓸리는 것만큼 어리석은 건 없다.

남의 연애사에 관여하는 것만큼 쓸데없는 일이 없다고 말하던 나의 지인이 주변 사람들에게 관심이 없는 건 아니다. 사람은 누구나 각자의 영역이 있고 모두가 다른 삶을 살 뿐인데, 마주친 몇 가지의 모습과 다른 사람의 말 몇 마디만으로 잘 모르는 사람을 판단하는 것은 무례한 행동이라고 했다. 냉정하게 말하면 스스로 알아서 해야 할 부분이라는 것. 스포츠 경기에서 경기장을 가득 메운 관중들이 없다고 해서 경기가 취소되지 않는 것과 같은 맥락이다. 나의 어떤 것을 마음에 들어 하지 않는 제삼자 때문에 내가 위축되고 그것을 앞에 내세우지 못한다는 건 안타까운 일이다. 남들이 싫어하는 것은 하지 않으려 하고, 좋은 모습만 보여주고 싶다는 일종의 강박이 이런 현상을 만들어내는 건 아닐까. 사실 그럴 필요까지 없는데 말이다.

어떻게 내가 하고 싶은 대로만 살 수 있겠냐고 생각할 수도 있겠다. 그렇지만 제삼자에 따라 시시때때로 심경의 변화가 찾아온다면 그건 너무 고달픈 삶이다. 소설에서는 3인칭 관찰자 시점 사람들의 시선에 따라 주인공이 다르게 각색되지 않는다. 영화에 등장인물이 주인공부터 엑스트라까지 수없이 많지만 모두가 주인공만 보고 있지도 않다. 다시 말해 구름의 흐름에 따라 해와 달이 움직이지 않는 것처럼 많은 부분에서 주체인 나는 모든 것을 주도해야 한다. 1인칭인 나는 한 송이 장미꽃, 3인칭 관찰자 시점의 사람들은 나를 둘러싼 안개꽃일 뿐이다. 내가 나로 우뚝 서야 타인들도 근거리에서 나를 겪는 것을 중도 포기하지 않을 것이다. 능동적이고도 적극적으로 나를 관리할 수 있는 내가 되어야 한다. 내가 나에게 3인칭 관찰자 시점으로 남지 않으려면 말이다. 내가 내 인생에서 엑스트라가 되면 주인공은 누가 하나. 한 편의 영화 같은 삶에 다른 이들의 찬사와 기립박수를 받을 수 있도록 이번 생에는 내가 주인공이라는 생각을 가지고 소신껏 밀어붙였으면 한다.

친구와
동갑내기 지인

거의 매일 붙어 다니는 친구가 하나 있다. 그 친구와 나는 서로의 핸드폰에 이름 대신 '친구'로 저장되어 있을 만큼 우리 사이는 남다르다. 언젠가 나는 그 친구에게 동갑내기 지인을 소개해줬다. 그 자리가 끝나고 친구와 따로 술을 더 마셨는데 친구는 내가 아까 그 사람을 친구라고 소개하지 않고 우리랑 동갑이라고만 언급한 것에 대해 '그래. 동갑이라고 다 친구는 아니지…' 하는 신선한 충격을 받았다고 했다. 이처럼 주변을 둘러보면 내 사람이라기보다 '지인' 영역에 속한 이들이 훨씬 더 많다. 나를 알고 있는 모든 사람들과 똑같은 깊이의 관계를 맺는 게 아니기 때문에 모든 관계의 농도는 다를 수밖에 없다. 서로를 체감하는 온도와 표현하는 단어도 다양하다. 때론 어떤 말도 필요 없기도 하고 반대로 굉장히 구체적일 때도 있다. 사람은 누구나 내가 소중하게 여기는 사람에게는 나역시 그만큼의 의미를 부여받고 싶어 한다. 서로가 만족스러울 땐 관계에 안정감도 생긴다. 나만 그렇거나 혹은 상대방이 일방적으로 나에게 그럴 때면 불안하거나 불편하기도 하다. 그런 사람에게는 묘한 보상심리도 작용한다.

친구와 그저 동갑내기 지인은 가족과 친척이 다르고, 애인과 이성친구가 다르듯, 성분은 비슷하더라도 성능은 같을 수 없다. 한 사람을 고유명사로 가져본 적 있다면 굳이 따로 분류하지 않고도 각각 다른 의미로 사람을 두게 된다. 서로 맞물려 돌아가는 톱니바퀴도 주축이 있다. 내가 한 그루의 나무와 같은 인간관계를 맺고 있다면, 내가 뿌리고 한 친구는 기둥이 되는 것이다. 가지와 이파리, 열매가 나무에게 있으나마나 한 존재는 아닌 것처럼 나에게 그들 역시 저마다의 의미는 분명히 있다는 것이다. 사람이 용도나 쓰임에 따라 쓰고 버려지지는 않으니까.

그러니 특정인 한 사람보다 누군가와 덜 가깝다는 것에 대해, 한 사람 다음으로 두는 사람에게 그보다 조금은 가벼운 마음을 얹어뒀다는 생각이 마음의 짐이 되지 않았으면 한다. 내 마음 편하자고 억지로 조금이라도 더 배려하려는 무리한 강행군을 하지 말자는 것이다. 나에게 소중한 사람들을 내가 어떻게 대하는지, 나를 소중하게 대하는 사람들은 나에게 어떻게 하는지를 생각해보면 문제도 답도 어려운 게 아니다.

나도 숱한 사람들에게 지인일 것이다. 그러므로 나의 주변 모두가 어떤 특정인이 내게 해주는 것과 똑같이 해주길 바라는 건 모순이다. 우리는 어쩌면 지인이라서 더 좋고 편안한 사이가 된 사람들일 테니까. 그러니 나의 열 손가락 안에 스무 명을, 백 명을 쥘 수 없다는 것에 너무 많은 생각을 끼워 넣지 말자. 서로에게 단 하나의 의미도 없다면 우리는 서로 알고 지낼 이유가 없다. 어떤 사이인지 이름은 중요하지 않다. 서로의 이름은 그 이름만으로도 의미가 있지 않나. 그저 내가 좋아하는 것을 계속 좋아할 수 있다면, 내가 사랑하는 것을 사랑할 수 있다면 그걸로도 나는 이미 모두에게 충분한 사람이 된다.

누구나
처음입니다

환갑이 넘은 엄마가 지나가는 말로 "이런 적은 또 처음이네" 하셨다. 엄마 나이에도 처음 있는 일이 있나 보다. 어떤 것에 완벽과 정답을 확신하더라도, 인생은 우리를 늘 또 다른 처음 앞에 데려다준다. 처음은 여러 가지 성질을 갖고 있다. 새롭고 신선한 경험으로 신기하고 만족스러울 때도 있지만, 당황스럽거나 기분 나쁠 때도 있다. 때로는 적잖은 두려움과 부담감을 주기도 하고, 주체할 수 없을 정도로 가슴 벅찬 상황이 연출될 때도 있다.

그런데 이런 '처음'이 걸림돌이 될 때도 있다. 사회생활에서는 줄곧 치명타로 작용하기도 한다. 이미 겪어본 사람들이 어떤 것을 처음 시작하는 사람으로 하여금 미리 겁낼 수밖에 없는 상황을 만든다. 누군가 뭔가에 대해 처음이라고 하면 사람들은 철저히 자기 기준에서 생각하고 판단한다.

"그 나이에 이게 처음이냐, 이걸 지금까지 한 번도 안 해봤냐, 여태 이것도 안 해보고 뭐 했냐, 아무리 처음이라도 그렇지."

경험자들이 무심코 뱉는 이런 말들은 이제 갓 걸음마를 뗀 초보자에겐 큰 상처가 된다는 걸 모르는 걸까. 그런 사람들은 이미 뱃속에서부터 다 배우고 태어나나 보다. 자신도 처음일 때가 있었을 텐데 어째서 타인의 처음에 대해서는 관대하지 못한 것일까.

"처음엔 다 그래. 처음이라 잘 모를 수도 있지.
나도 처음엔 그랬어. 하다 보면 너도 잘할 거야."

이런 말을 건네주며 처음인 사람의 실수를 너그러운 마음으로 안아줄 순 없는 것일까. 아무리 프로의 세계는 냉정하고 경력자를 우대한다지만, 그럼 이제 갓 시작하는 초보는 어디 가서 경력을 쌓는다는 말인가. 살다 보면 언제나 아무 예고 없이 처음의 상황이 온다. 그때마다 지레 겁먹고 위축되거나 해보려는 시도 없이 일찌감치 포기하려는 사람들을 본다. 그런 사람들에게 '처음'의 경험은 일종의 후유증과 같은 트라우마로 남아 있다.

누군가의 시작과 처음을 조금만 더 너그러운 시선으로 지켜봐 주는 어른들이었으면 좋겠다. 그러면 머지않아 곧잘 해낼 수 있을 텐데. 조금만 더 나를 지켜봐준다면 전적으로 믿고 따라갈 수 있을 텐데. 여전히 세상은 그런 부분이 늘 조금 아쉽고, 아직도 세상은 그런 사람들 때문에 조금은 무섭다.

학습의
이면

어떤 사이든 한 사람을 오래 보다 보면 그 사람에 대해 아는 것들이 늘어난다. 그런데 쭉 지켜봐온 모습으로 아는 게 아니라, 상대방이 보여준 모습만 보고 겨우 가늠할 때도 있다. 처음 보는 모습이거나 알던 것과 다를 때면 낯설기도 하고 실망하기도 한다. 보여주고 보이는 모습이 클 수밖에 없다. 어떨 땐 그게 다인 경우도 많다. 사람들은 남들 앞에서 차마 보일 수 없는 모습은 최대한 노출하지 않으려고 한다. 그런 이유로 아무에게도 말 못할 사연이 누구에게나 하나쯤은 있다. 그래서 친하다는 이유로 다 알아야만 이 직성이 풀리는 사람들을 대할 때면 심적으로 너무 피곤하다. 내가 끝까지 말을 하지 않으면 상대가 되려 삐치고 말문을 닫아버린다. 그럴 때면 나는 불어터진 면발을 안고 있는 국물처럼 뻑뻑해진다.

'보기와는 다르네', '전혀 안 그럴 것 같은데 의외네' 이런 말들을 한 번쯤은 들어본 적이 있을 것이다. 겉모습과 인상만 보고 관상은 과학이라는 이론을 내세워 사람을 평가하고 판단하는 사람들. 그런 예상과 논리에서 벗어나면 신기하다거나 뜻밖이라는 반응을 겪어야 하는 사람들. 그와 비슷한 스타일의 사람을 만나봤다는 본인의 감으로 한 사람에 대한 문제를 너무 쉽게 제시하고 제대로 겪어보지도 않고 답을 내리는 사람들. 우리는 이런 사람들 중의 한 명일 것이다. 그래서 때론 다 안다는 듯이 말하는 사람들의 태도가 싫다. 그들이 몰랐던 모습을 보이게 되면 좋은 의미든 나쁜 의미든 새삼 다시 봤다는 말도 듣게 된다.

이런 것들은 하나부터 열까지 상세히 살펴본 게 아니라 대충 훑어보고 알 것 같다며 덮어버린 학습의 이면이 낳은 결과다. 처음부터 좋게 느낀 사람의 실수는 그럴 수 있다고 눈감아주다가도, 그랬던 만큼 단 한 번의 실수도 용납할 수 없어 관계를 끊는 사람도 있다. 그건 곧 나와 내가 책임져야 할 분량을 최대한 적게 남겨두고 내가 명분으로 내세울 수 있는 것을 최대한 많이 쌓아둔 것 같다. 달면 삼키고 쓰면 뱉겠다는 것이다.

본인도 스스로 어떤 사람인지, 누군가에게 어떤 의미가 있는지 잘 모르면서 다른 사람은 이렇더라, 저렇더라 하며 불필요한 그림자를 만든다. 사람들은 누군가에게 잘못하고 있음을 알면서도 둘 이상이 되면 안심하고 그 일을 멈추지 않는다. 그러니 사람이 받는 가장 높은 피로도의 요인은 매번 사람일 수밖에 없다. 서로 다른 입장을 인정하는 것, 잘 알지 못한다면 알아가려는 노력을 하거나 잘 알지 못하는 만큼 쉽게 단정 짓는 오류를 범하지 않는 것과 같은 최소한의 소양을 갖췄으면 한다.

알고 보면 좋은 사람인데 몰라보고 스쳐 지나치지 않도록. 화려한 겉모습에 비해 속은 빈 껍데기인 사람에 빠져 허우적대지 않도록. 사람 보는 눈을 키우고 누군가와 눈높이를 맞출 수 있도록 말이다. 누군가를 비난하거나 극찬하는 것은, 충분히 다 겪어보고 알고 난 뒤에 하더라도 늦지 않다.

사람이
하늘도 보고 살아야지

한겨울 새벽 6시에 출근길을 나서면 밖은 마치 아직 밤인 것처럼 깜깜하다. 칠흑 같은 어둠을 뚫고 나갔다가 다시 어두운 밤이 되어서야 집으로 돌아오던 시절이 있었다. 모두가 잠든 늦은 새벽부터 시작되는 하루가 유독 길게 느껴졌다. 출근해서 점심시간에 밥을 먹고 나면 주로 휴게실에서 10~20분가량의 쪽잠을 잤는데, 하루는 직장 동료가 광합성을 하러 가자길래 쉼터로 나갔다. 햇빛이 잘

드는 자리에 앉아 이런저런 이야기를 나누는데 그날따라 날씨도 좋았다. 하늘도 예뻤고 바람도 매섭지 않았다. 그때 든 생각이 '그래, 사람이 하늘도 보고 살아야지. 햇빛도 쬐고 그래야지'였다. 그러고 있으니 그제서야 좀 사람 사는 것 같은 기분도 들었다.

그날 왜 그런 생각이 들었는지 돌이켜보면, 그전까지 나는 주로 흐린 날에만 하늘을 올려다봤기 때문이다. 날씨가 흐려서 금방이라도 비가 쏟아질 것 같은지, 아니면 그냥 흐리기만 한 날씨인지 그걸 파악하기 위해서였다. 지금 생각하면 그때의 내가 조금은 측은하기도 하다. 하늘 한번 올려다볼 시간도 없이 앞만 보고 살았나 싶어서다. 그저 오늘 하루만 무사히… 단지 내가 비를 쫄딱 맞고 집에 가지 않으면 다행이라 여겼으니 말이다.

그 뒤로는 아침에 일어나면 일기예보부터 찾아봤다. 출근길 횡단보도에서 보행자 신호를 기다리며 하늘을 올려다봤다. 유유히 떠다니는 구름을 보고 불어오는 바람 냄새도 킁킁거리며 맡았다. 심호흡을 하고 길을 건너 회사에 갔다. 비가 오면 그러지 못했지만 웬만하면 점심시간엔 회사 화단 근처에서 종종 쉬기도 했다. 그렇게나마 계절을 만나고, 보내곤 했다. 하루 중에 그런 작은 여유가 있어서였는지 늘 바쁜 회사 생활도 푸석푸석하고 무미건조한 것만은 아니었다.

어제도 오늘도 외출을 하면 하늘을 올려다본다. 노을이 지거나 비가 그친 뒤의 밤하늘과 새벽에서 아침이 밝아올 무렵의 푸른빛이 감도는 하늘도 본다. 달과 별은 좋아하지 않지만 매일 다른 색을 띠는 하늘을 좋아하는 나는 외로울 때나 힘든 날이면 내 두 눈에 다 담을 수 없는 하늘을 본다. 거기엔 보고 싶은 사람의 얼굴도 있고, 듣고 싶은 목소리도 있다. 하늘을 보고 있노라면 혼자인 것 같아도 나 혼자가 아닌 것 같은 기분이 든다. 가끔 혼자가 더 편한 날이나 혼자라도 괜찮은 날에 하늘은 심신이 지친 나에게 적잖은 위로가 된다.

아무리 바쁘고 시간 가는 줄 모르고 살아도 종종 하늘을 올려다보자. 말하지 않아도 알아주는 것 같은 기분을 느낄 수 있을 것이다. 지금 내 모습이 아무렴 어떠냐고 그래도 괜찮다는 말을 해주는 것 같을 때도 있다. 사람 사는 게 뭐 별거 있을까. 아무리 안 좋고 안 풀려도 머리 위 높은 하늘도 보고 저 멀리 탁 트인 바다도 보고 그렇게 살아야 하는 거 아닐까.

쓴맛이 단맛으로
느껴지던 날

명절을 앞두고 물량을 맞추기 위해 회사가 보름째 바빴
다. 평소보다 2~3시간 늦게 퇴근한 후 마음 맞는 동료들과
술 한잔하러 가면 그날따라 술이 달았다. '몸이 피곤하니까
평소에 쓰다고 생각했던 것들도 달게 느껴지는구나' 싶은
생각이 들었다. 심적으로 힘든 날에도 이와 비슷한 현상이
자주 찾아왔다. 너무 피곤한데 잠들지 못하는 밤이 정신
적으로 피로감에 휩싸인 날엔 특히 더했다. 몸에 좋은 약

이 맛도 좋으면 좋을 텐데, 아플 때 먹는 약은 쓰기만 하다.

잔소리도 아닌 쓴소리가 주를 이루는 나를 위한 조언이 어느 순간엔 무척 달게 느껴질 때, 초콜릿을 일 년에 손톱만큼이라도 먹을까 말까 한 내가 돈 주고 초콜릿을 사 먹을 때, 매운 걸 잘 못 먹는 내가 일부러 매운 것을 찾아 먹을 때, 술을 많이 마신 다음날 해장하는데 어떤 날엔 느끼한 게 당기고 어떤 날은 얼큰한 게 당길 때서야 비로소 느꼈다. 아파도 아프다고 말하지 못하는 내 몸이 혼자 감당하기 힘들다고 느낄 때면, 평소엔 줘도 안 먹는 것들을 원하면서까지 신호를 보냈다는 것을. 그렇게 혼자 통증을 완화하려 했다는 것을.

여러 이유로 매번 다르게 아파서 약을 먹으면 상태가 호전될 때마다 스스로 짠하다. 어쩌다 나로 태어나서 내 몸도 고생이 많다 싶어서다. 하지만 좀처럼 무리하지 않고 쉬엄쉬엄하기엔 매일 할 일은 많고 일하는 시간은 항상 더 디게 흘러간다. 내가 바쁜 게 아니라 세상이 온통 바쁜 것 같다. 다들 열심히 사는데 나만 한가하게 놀 수도 없다. 그래서 자잘한 통증은 이러다 말겠지 무시하고 병을 키우는 것 같다. 푹 쉬면 저절로 낫는다는 감기가 왜 2주가 넘도록 낫지 않는 건지, 매일 피로 회복제를 먹어도 어째서 피로는 차곡차곡 쌓이기만 하는 건지, 쉬어도 쉬는 것 같지 않고, 잠을 자도 잔 것 같지 않은 건지를 생각하면 그렇다.

삶에 지쳐 미각을 잃었나, 도통 사는 맛을 느끼지 못한다. 매일이 똑같아 감각을 잃었나, 당최 재밌거나 즐겁지 않다. 뒤죽박죽 엉망으로 뒤섞인 것 같다. 해도 안 한 것 같고 하지 않아도 한 것 같다. 일상에서 쓴맛이 나니 달달함은 낯설기만 하다. 그래도 억척같이 잘 살아가고 있구나 싶어 헛웃음이 나기도 한다.

그리고 가끔씩 이런 생각이 든다.

'이렇게 살아도 괜찮은 걸까. 어릴 때 꿈꿨던 어른이 된 내 모습은 이런 게 아니었는데.'

너는 별로여도
나는 좋을 수 있습니다

모처럼 영화나 한편 보려고 하면 "그 영화 별로야, 재미없어" 오랜만에 여행을 간다 하면 "거기 별로야. 가지 마" 마라탕을 먹어보려고 하면 "마라탕 별로야, 다른 거 먹어" 인터넷 쇼핑으로 옷을 사려고 하면 "옷은 직접 가서 사야지. 인터넷은 별로야" 예전의 나였더라면 타인이 추천하지 않을 경우 '그런가?' 하고 선뜻 실행하지 않았을 것이다. 그 사람에게 별로여도 나에겐 괜찮을 수 있는 건데 그

땐 왠지 나도 내키지 않았다. 나보다 먼저 겪은 사람이 내린 평가를 우선으로 신뢰했기 때문이다. 그런데 그런 공식은 의외로 쉽게 깨졌다.

비록 흥행에는 실패했지만 내가 좋아하는 배우가 나오는 영화, 올해 안에 혼자라도 꼭 가보고 싶었던 곳, 한 번쯤은 먹어보고 싶던 음식, 장바구니에 담아놓기만 하기엔 눈앞에 아른거리던 물건들을 직접 겪어보고자 하는 의지가 더 강하게 움직여 실행해보았다. 결과는 뜻밖이었다. 남들은 별로라던 그 영화가 나는 재미있었다. 여행도 기대 이상으로 좋았다. 음식도 입에 맞았고, 인터넷 쇼핑은 택배를 기다리는 설렘과 함께 편리해서 좋았다. 그러는 동안 나는 '뭐야, 생각보다 괜찮은데?' 하며 여태껏 다른 사람들의 말만 듣고 하지 않았던 모든 것들을 후회했다.

하지만 어떤 것을 비추천하는 사람들이 상대를 무시해서 말하는 건 아니었다. 본인이 앞서 경험한 것을 토대로 기대보다 별로 좋지 않아 권하지 않는 경우도 있었다. 그리고 나와 취향이 비슷한 사람이라도 보고 듣고 느끼는 것의 폭은 달랐다. 백이면 백, '이 사람의 추천이라면 믿을 만하다' 싶은 원숭이도 나무에서 떨어질 때가 있었다.

그 뒤로 '나는 그저 그랬는데 너한텐 괜찮을 수 있으

니까…'같이 선택의 폭을 넓혀주는 쪽으로만 말을 건네게 됐다. 아니면 그저 타인의 계획을 듣고 호응을 해준다. 나도 보고 싶다거나 가고 싶은 곳이라고 조금은 들뜬 상대방의 마음과 같은 위치에 선다. 괜히 권했다가 '네 말만 듣고 그랬더니 안 좋더라'라는 원망 섞인 말을 듣는 편보단 낫다. 단지 내 기준에서의 말 몇 마디로 인해 상대방의 기분을 망가뜨리고 싶은 생각도 없다.

타인의 의견은 어디까지나 참고용으로만 두는 게 현명하다. 사람은 다 다르다. 각자의 다양성을 존중해야 마찰도 뒤탈도 적다. 저 사람과 나는 다르다는 것, 나에겐 맞지 않는 게 누군가에겐 딱 들어맞을 수도 있다는 것을 염두에 둔다. 누군가에겐 아니라도 나에겐 적합할 수 있다는 것에 대해서도 생각의 문과 마음의 창을 한 뼘 정도 더 열어둔다. 그랬을 때 특별한 대화의 기술이 없어도 말문이 막히거나 흐름이 툭 끊어지진 않았던 걸 돌이켜보면 때론 그게 최선인 것 같다. 그래서 이제는 제각각 다른 사람들에게 벌어지는 다양한 일들에 직접적인 개입은 하지 않으려 한다. 누군가를 만나 일상적인 이야기를 할 때, 속에서 차오르는 화로 인해 얼굴 붉힐 일이 없도록, 마주 보는 얼굴들이 서로를 보며 내내 웃을 수 있도록.

지워지는
이름들

    핸드폰을 바꾸면서 번호까지 바꾸던 날. 바뀐 번호를 지인들에게 알리려고 연락처를 들췄다가 뜻하지 않게 주변 정리까지 하게 됐다. '이 사람은 누구지?' 싶은 사람부터 얼굴은 물론 나이까지 헷갈리는 사람들도 꽤 있었다. 그런 번호들을 하나둘씩 지우다 보니 의미 없는 번호가 의외로 많았다. 그중 하나도 외우진 못했기에 가끔씩 걸려오는 전화가 행여 그 누군가였어도 모르는 번호라고 받지 않았다. 그렇게 사람들이 끊어졌지만 이미 훨씬 전부터 없는 것과 다름없었기에 내가 달리 체감하는 건 없었다. 바뀐 나의 새 번호는 기억과 현실 속에 살아 있는 사람으로만 채워졌다.

생각해보면 만나자는 말을 하는 사람은 정해져 있고, 그 말에 알겠다고 대답만 하는 사람도 정해져 있었다. 만날 때마다 돈을 쓰는 사람도, 당연한 듯 얻어먹는 사람도 변함없었다. 나는 누군가의 지갑인가. 그 사람 힘들까 봐 짐을 덜어주고 싶었던 나는 누군가의 짐꾼이었나. 겨우 이런 꼴을 보려고 여기까지 온 건 아닌데, 불현듯 회의감이 들었다. 이건 무슨 짝사랑도 아니고, 내가 매달리다시피 해서 사람을 만나고 싶지는 않았다. 누군가가 나를 안 만나도 괜찮듯, 오늘 당장 누군가를 못 만난다고 해도 내가 아쉬울 건 없다. 자연스럽게 서로를 채워줄 수 있는 관계가 아니라면 억지로 채우고 비우다가 애먼 사람이 먼저 지치기 마련이다.

내 곁이 단조로워지는 게 행여 두렵더라도 지워지는 이름과 잊히는 얼굴들이 사라지고 나면 훨씬 더 분명하게 보일 것이다. 진짜 내 옆에 있는 사람과 정말 내가 챙겨야 할 사람은 누군지. 정말 나를 위한 사람과 내가 있어야 할 곳이 누구의 곁인지. 적어도 일 년에 한 번, 일종의 연중행사처럼 그동안 한 번도 나의 핸드폰을 울린 적 없는 사람들은 정리하자. 살다 보면 언젠가는 연락이 오고 소식이 닿을 것 같은 사람이라도 이미 그 사람은 그 사람대로 알아서 잘 살고 있다. 사람이 죽거나 새로 태어날 때만 나를 찾는 사람에게 나는 들러리일 뿐이다. 살 만하면 연락 없다가 힘들 때만 나를 찾는 사람도 이젠 나와 관계없다 여기려 한다. 서로가 같은 이름을 갖고 있지 않은 관계는 청산하는 결단력을 갖추려 한다.

쓸데없는 것에 에너지 소모가 크지 않도록. 나를 좋아해주고 내게도 더없이 좋은 사람들이 외롭지 않도록. 나아가 더 이상 사람에 휘둘리고 휩쓸리지 않도록 말이다.

때로는
좋아하는 것과 정반대로

나는 나처럼 개를 키우고, 글을 쓰고, 술을 좋아하는 사람들과 교류하는 것을 좋아한다. 나와 그들 사이에는 우리를 이어준 공통분모가 있고 그만큼 서로를 공감하고 이해하는 폭이 넓으니 나에겐 그만한 사람들이 없다. 하지만 내가 아무리 좋아하는 것이라도 나에게 스트레스를 줄 때가 있다. 그래서 나는 그런 것들로 인한 스트레스를 많이 받으면 나와 정반대로 움직이고 나와 아예 다르게 사는 사람을 만나 하루를 보낸다.

개를 안 키우는 사람 만나 커피를 마시며 개 이야기는
하지 않기. 술 안 마시는 친구를 만나 술 없는 한 끼 먹기.
책과 거리가 먼 사람을 만나 생각 없이 웃고 떠들기와 같
은 것들을 한다. 물론, 집에 가면 개들은 날 기다리고 있고,
정해진 날짜에 마감을 하려면 글은 계속 써야 한다. 밥 먹
을 때도 반주를 즐기는 내가 술을 안 마신다고 해도 그건
비단 오늘 하루뿐일 것이다. 그런데 이런 것들은 묘하게도
체내에 쌓인 스트레스를 녹여주는 것 같다. 현실에서 잠시
벗어나 숨 좀 돌리고 싶을 때 이렇게 반대로 하루를 보내
보면 그것도 꽤 괜찮다는 생각이다. 살다 보면 그런 날들
이 꼭 필요하다. 내가 있어야 하고, 나만이 할 수 있고, 나
와 함께해주는 것들을 위해서라도 말이다.

비록 빠듯한 일상이지만 내가 계속해서 이어갈 수 있도
록 종종 쉬었다 하려고 노력한다. 스트레스를 푸는 입맛에
따라 각자의 레시피도 다르겠지만 이래도 저래도 스트레
스가 풀리지 않는다면 한 번쯤은 내게 스트레스를 주는 것
들의 맞은편에 서 보는 것을 추천한다. 살면서 스트레스를
안 받을 수는 없고 제때 해소하는 게 무엇보다 중요하니까.
내가 좋아하는 것을 지치지 않고 오래 할 수 있도록, 누군

가와의 '우리'가 오래갈 수 있도록, 긴 인생에서 가끔은 정 반대에서 나를 돌아보며 스스로를 가다듬었으면 좋겠다.

마음에 여유가 없다고
느껴질 때

*

내가 하고 싶은 것을 위해 다른 마음을 돌려야 하고
해야 하는 것을 하자니 가까스로 마음을 다잡아야 하며
내가 품었던 사람을 밖으로 내보내며 마음을 접고
새로운 사람을 위해 마음의 문을 열어둔다는 게

때로, 너무 서글프고 힘들 때.

*

핸드폰 배터리가 10% 미만일 때

거리에서 화장실이 급한데 어디에도 보이지 않을 때

공인인증서 비밀번호를 계속 틀릴 때

늦어서 택시 타고 가는데 차가 밀릴 때

중요한 자리에서 생리적인 현상을 참아야 할 때

월급날 절반 이상이 카드 값으로 빠져나갈 때

여행 가고 싶은데 집에 혼자 남을 강아지가 걱정될 때

스트레스가 많이 쌓여 뭐 하나 내 마음 같지 않을 때

나도 못 챙기는 나라서 연애는 꿈도 꾸지 못할 때

.

.

.

어쩌면 늘…

그리고 지금.

—

2부

아무도
몰랐던
이야기

보호자가
된다는 것

나는 나이도 생김새도 성격도 다른 개 세 마리를 키우고 있다. 본가의 두 마리를 더하면 총 다섯. 사람들은 한 마리도 힘든데 세 마리를 어떻게 키우냐는 말을 자주 한다. "개 밑으로 돈 많이 들어가죠?"라는 말도 빠지지 않는다. 그럴 때면 술 한잔 덜 마시면 된다고 그저 웃는다.

그런데 어느 날, 평소처럼 외출 후 돌아온 나를 반겨

주러 온 삼형제 중 첫째 '마루'가 이상했다. 아주 힘든 걸음으로 왔다가 비틀거리더니 카펫에 그대로 푹 쓰러졌다. 놀란 나는 마루를 품에 안아 달래고 몸 곳곳을 살폈다. 힘이 없어 축 늘어진 마루는 어디가 아픈 것 같았다. 하지만 그냥 힘이 없는 건지, 잠이 덜 깬 건지 잘 몰랐기에 일단 재우고 다음날 아침 일어나자마자 동물병원으로 갔다. 수의사에게 어젯밤의 상황을 설명하니 몇 가지 검사를 해보자고 했다. 피를 뽑고 나온 마루와 검사 결과를 기다렸다. 그때만큼 초조했던 때가 없었다. 잠시 뒤 수의사는 한숨을 쉬며 큰 병원에 가봐야 할 것 같다고 했다. 적혈구 수치가 정상 범위보다 현저히 낮고 수혈을 해야 할 정도로 상태가 안 좋다고 했다. 외부기생충 감염이거나 자가면역질환일 가능성이 있다고 했다. 자가면역질환이란 내 몸의 피를 내가 나로 인지하지 못하고 공격해서 피를 깨뜨리는 것인데, 적혈구가 생성되는 속도보다 파괴되는 속도가 더 빠르다며 마루의 데이터를 가지고 '부산 동물 메디컬 센터'로 가라고 했다.

입에 침이 바짝 마르고 목소리가 떨렸다. 하늘이 노래진다는 게 이런 건가 싶었다. 이러다 잘못되는 건 아닌지 겁이 나고 불안해진 나는 엄마에게 전화를 걸어 같이 가줄 것을 부탁했다. 내 전화를 받고 엄마도 놀라긴 마찬가지였다. 급히 달려온 엄마를 만나 큰 병원으로 옮겨진 마루는 한 차례의 피검사를 더 받았다. 보호자가 작성해야 하는 차트에 보호자 이름으로 내 이름을 쓰는데 기분이 이상했다. 그동안 개의 '주인'이라고만 생각했었는지 '보호자'라는 말은 많은 것을 다시 느끼게 했다. 한 시간 정도 대기실에서 기다리는데 정말이지 어떤 말도 할 수 없었다. 엄마도 나도 그저 "별일 아니어야 할 텐데" 하는 걱정만 거듭할 뿐이었다. 담당 수의사와 면담을 하는데 마루는 아까보다 수치가 더 떨어져서 긴급 수혈에 들어가야 한다고 했다. 2~3일 정도 입원시켜 경과를 봐야 하고, 약물치료는 어떻게 진행되는지와 치료 후에도 언제든지 재발할 수 있다는 소견을 들었다.

입원실에 있는 마루를 잠깐 면회하는데 마루는 낑낑거리며 꺼내달라는 제스처를 취했다. 마루에게 네가 지금 왜 여기에 있는 건지, 네가 어디가 아픈 건지를 설명할 수 없다는 사실에 가슴이 먹먹해졌다. 앞다리에 수액을 맞고 있는 마루의 머리를 쓰다듬으며 내가 말했다. "의사 선생님이 그러는데 잠 푹 자고 약 잘 먹으면 괜찮아진대. 걱정 말고 푹 쉬어. 내가 내일 또 보러 올게" 발길이 떨어지지 않았지만 나는 다른 개들이 기다리는 집으로 돌아와야 했다. 집에 와서도 둘째와 막내를 앉혀놓고 마루와 같이 돌아오지 못한 이유를 이야기해주는데 코끝이 찡했다.

마루가 없는 집은 휑하게만 느껴졌다. 마루가 잠을 자던 곳, 마루가 좋아했던 장난감들이 유난히 크게 보였다. 마루의 빈자리를 느끼며 다음날이 되었고 나는 약속한 대로 마루를 면회하러 갔다. 병원에서 "마루 보호자분 잠시만 기다려주세요", "마루 보호자분 잠시 면담 좀 하시겠습니다" 하며 나를 부를 때마다 '그래, 맞아. 난 마루의 보호자였지…' 하는 생각에 입원해 있는 마루에게 전보다 더 애틋한 감정이 들었다. 적혈구 수치는 어제 들어간 긴급 수혈로 인해 좀 오른 편이었지만, 정상 범위에는 아직 못 미쳤다. 마루의 얼굴을 한 번 더 보고 하루 정도 더 경과를 보자는 말을 듣고 집으로 돌아왔다.

그리고 3일째 되던 날. 수의사는 환자가 받을 스트레스도 있고, 보호자의 걱정과 불안도 있을 것이니 일단 퇴원을 하고 3일치 약을 다 먹인 후에 4일째 되는 날 처음 갔던 그 병원에 다시 내원할 것을 권했다. 집에서 경과를 보는 것도 나쁘지 않다는 말에 그렇게 하기로 하고 마루의 퇴원 수속을 밟았다. 동물에겐 의료보험이 적용되지 않기 때문에 백만 원이 넘는 병원비가 청구되었다. 나도 모르게 이런저런 이유로 한숨이 나왔다. 그 이후로 마루는 내가 꼬박꼬박 약도 잘 챙겨 먹이고, 마루의 증상에 좋다는 소고기 홍두깨살을 꾸준히 삶아준 결과 많이 좋아졌다. 또 언제 재발할지 모르기 때문에 이전보다 각별히 신경 쓰며 돌봐주고 있다.

고단한 하루의 끝, 집으로 돌아오면 하루 종일 나를 기다렸을 녀석들은 꼬리가 빠질 만큼 흔들어대며 나를 반겨준다. 마치 '밖에서 고생 많았어. 나도 네가 보고 싶었어'라고 말하는 듯하다. 그럴 때면 작은 생명들이 주는 따뜻한 위로를 느낀다. 평소와 다르게 축 처져 있거나 내가 울고 있으면 마치 무슨 일 있는 거냐고 묻고 들여다보는 것처럼 다가와 곁을 지켜준다. 내가 어디서 뭘 하든 나만 보고 아무 이유 없이 나를 사랑해준다. 나와 같이 살고 있는 개들의 보호자가 된다는 건 진정한 사랑의 의미를 알게 했고 책임감도 강해지게 했다. 아무 문제없었던 이전보다 확실히 나를 한층 더 성숙하게 했다. 나에겐 세상 소중한 것들 중에 일부일지 몰라도 개의 세상에서는 내가 전부일 것을 생각하면 짠하기도 하다. 누군가에게 언제 이렇게 온전한 세상이 되는 경험을 할 수 있을까. 내가 선택한 내 식구, 사는 동안 지금보다 더 좋은 것을 해주고 좋은 곳엔 어디든 함께할 것이다. 언젠가 나보다 먼저 떠나는 날 좋은 기억만 가득 품고 갈 수 있도록.

좋은 일로
멀어질 때

첫 책을 내고 주변의 예상보다 빨리 중쇄를 찍었을 때였다. 기쁜 마음에 내가 아는 모든 사람들에게 그 소식을 알렸다. 부모님의 축하를 시작으로 약 2주간 친한 사람들과의 술 약속이 이어졌다. 친구들은 나를 만날 때마다 내 책을 내밀며 '내가 살다 살다 너에게 사인을 받는 날이 오다니 믿을 수 없다'며 웃었고 고생 많았다는 말도 건네주었다. 출간 직전 알게 모르게 부담감이 컸던 터라 나의 좋은 일을 같이 기뻐해주는 사람들에게 코끝이 짠해지는 고마움을 느꼈다.

그런데 나를 아는 모두가 그런 건 아니었다. 내가 처음 글을 쓸 때부터 나와 같이 글을 썼던 친구 B는 내게 그러지 않았다. 그날은 B를 포함해 4명이 술을 마셨는데 B는 내가 하는 말마다 딴지를 걸었다.

"요즘 뭐 SNS 좀 한다 싶으면 개나 소나 다 책 내는 세상에 뭐 대단한 일이라고…"

그러자 내 책을 여러 권 주문하여 주변 지인들에게 선물한 친구 K가 B의 말을 맞받아쳤다.

"야, 너는 친구라는 게 무슨 말을 그딴 식으로 하냐?"

한순간 찬물을 끼얹은 듯 분위기는 내려앉았고 나는 내 앞에 놓인 술잔을 비우며 말했다.

"너한테도 곧 좋은 소식이 들릴 거야. 얼마 전에 투고한 출판사에서는 아직 뭐 답변 없고?"

"닥쳐, 새끼야. 너는 가만히 있어도 출판사에서 책 내자고 하고, 대충 책 내고, 그러면 또 네 팬들이 와르르 달려가서 책 사주고 그러니까 넌 그런 말이 쉽지?"

어떤 말을 해도 비아냥거리는 B를 보며 여태 가만히 듣고 있던 친구 J가 거들었다.

"야, 나도 앞으로 너한텐 좋은 소식을 알릴 수 없을 것 같네. 네가 지금 좀 안 풀린다고 해서 친구의 좋은 소식을 그런 식으로 받아들이는 건 좀 실망이야. 얘가 설치거나 널 얕잡아보면서 기분 나쁘게 말한 것도 아니고, 좋은 날 축하해주러 왔으면서 꼭 그렇게까지 말을 해야 하나 싶네."

B는 자기보다 상대적으로 나은 상황에 놓인 나에게 K와 J가 찰싹 붙은 거라며 너네야말로 나를 친구로 생각하지 않는다는 말을 남긴 채, 그 자리를 박차고 나가버렸다. 다들 벙쪘고 남은 두 친구는 이 상황에서 기분 나쁜 것을 떠나 혹여나 상처라도 받았을까 봐 나의 동태부터 살폈다. B의 그런 모습에 당황했지만 이대로 분위기를 망칠 수는 없어 내가 먼저 다른 이야기로 화제를 돌렸다. 친구들은 다소 생소한 책과 출판, 그리고 글을 쓰는 나에 대한 이야기를 신기해하며 들어주고 새벽까지 함께해주었다. 그 뒤로도 B와 나는 연락 한 통 없이 멀어졌다. 그러는 동안 나는 힘들고 어려울 때 옆에 있어주는 것보다 좋은 일이 생겼을 때 같이 기뻐해주는 사람들이 더 귀하다는 걸 알게 되었다. B에게는 후자가 더 어려운 일일 수도 있겠다는 생각도 들었다.

B와 나는 차라리 거기까지였다고 여기는 편이 나았다.

B의 말 중에서 무엇보다 용납할 수 없었던 건 나를 보며 배 아파하는 삐뚤어진 시선이 아니라 그간 나의 모든 노력을 '대충'이라고 언급한 데에 있었다. 누구보다 B가 잘되기를 바랐지만 B는 나와 달랐음을 인정하는 게 관계 회복을 위한 노력을 하는 것보다 쉬웠다. 각자의 날씨와 상관없이 우산이 되어주거나 땡볕을 피할 그늘을 내어주는 사람들에게 나도 그런 사람이 되고 싶다는 마음을 굳게 다졌다. B와 틀어지면서 나도 그랬던 적은 없었는지 돌아보게 되었던 만큼 남는 게 없는 것도 아니었다. B도 나도 그저 각자의 인생에서 시기가 다른 것뿐이라는 생각이다. 나보다 좋지 않은 상황에 있는 사람에게 내 소식을 전하면 혹시나 감정이 상할까 봐 머뭇거리게 된다면 서로 간에 과연 어떤 이야기를 주고받아야 하는 걸까. '그런 사람이 많지 않고, 그러는 게 쉽지 않아서 좋은 사람이 드문 건 아닐까' 하는 생각도 들었다.

나는 나대로 상대방은 상대방대로 각자를 인정해주는 사람. 서로의 좋은 일을 함께 기뻐해주는 사람. 열등감이나 속 쓰린 심보 없이 그대로 받아들여주는 사람. 그런 사람들이 서로에게 좋은 사람이, 좋은 소식이 되어주는 것 같다. 누구에게나 있지 않고 아무나 할 수 없어 사람들은 나에게 좋은 사람을 더 간절하게 필요로 하는 게 아닐까.

유일한
존재

나를 아는 모든 사람들이 나의 1순위로 꼽는 절친이 있었다. 우리는 서로가 처음 가져본 '내 사람'이었고 각자의 인생에서 가장 오래 본 완벽한 타인이었다. 그 친구는 하고 싶은 것도 많았고 사람 욕심도 강했다. 욱하는 성격에 기분파였고 일단 저지르고 보는 편이었다. 나는 정확히 그와 정반대였다. 그래서 사람들은 단 하나도 닮은 구석이 없는 우리가 둘도 없는 친구라는 것을 늘 신기해했다.

그 친구는 첫사랑의 후유증으로 '다음 사랑'보다는 '사랑놀음'을 택했다. 내가 어디에 있든 친구는 알리바이로 '늘 나와 함께 있었다'는 시나리오를 즐겨 썼다. 나와 미리 말을 맞췄더라면 뒤탈이 적었을 텐데 그 친구는 나 모르게 여기저기 불을 지르고 다녔고 나는 뒤따라 붙으면서 불을 끄고 다니기 바빴다. 늘 반 박자 늦게 상황을 알아차렸던 탓에 주위에서도 잡음이 많았고 나는 매번 입장이 난처해졌다. 그런 이유로 친구와 언성을 높이는 일도 빈번했다. 이런 상황을 아는 다른 친구들은 나와 같이 그 친구를 답답해하다가, 나중에는 매번 그런 상황에 놓이면서도 그 친구와 관계를 이어나가는 나를 답답해했다.

친구들의 말을 머리로는 충분히 이해하면서도 정작 나는 아무것도 달라지지 않았다. 그 친구는 내가 살면서 가장 힘들었을 때 곁을 지켜준 유일한 사람이었기 때문이다. 마지막의 마지막은 야구에서 공수교대처럼 이루어졌고 그건 끝과 별개의 문제였다. 속에서 천불이 나고 자주 마음을 졸이면서도 그 속을 바닥까지 까맣게 다 태우면 다음이란 기회에 '이젠 안 그러겠지' 하며 물을 다시 부었다. 끓는점에 닿기 전까지는 겉으로 별다른 내색을 하지 않았지만, 관계에서의 불 조절을 잘 하지 못했다는 생각은 점점 범위를 넓혀가고 있었다. 그때 나는 아마 그 친구에게

'친구'가 아니라 '호구'였을 것이다.

　그러던 어느 날, 그 친구와 같이 알던 다른 친구는 갈수록 난해해지는 우리를 견디지 못해 떠나버렸다. 그런 일이 있어도 그 친구는 이제 남은 우리 둘 사이를 강조할 뿐, 다른 친구라는 알약을 입에 넣고 물을 마셔 삼키는 것처럼 다른 일을 대수롭지 않게 넘겼다. 그런데 나에겐 그런 상황들이 목에 걸린 가시처럼 느껴져 아무리 물을 많이 마셔도 뒤로 넘어가지 않았다. 애초에 걸러냈어야 할 때를 놓쳤기에 내가 걸려 넘어지고 나서야 몸소 깨닫는 미련한 사람이 되어 있었다. 결국 나는 '더 이상 이렇게 지낼 수는 없다'는 결론을 내렸다.

　그래도 나와 가장 가깝고 오래 봐 온 사람이라는 이유로 내치지 못했던 시간들이 아깝지는 않았다. 나는 적어도 '할 만큼 했다'는 명분도 갖췄다. 그 친구를 받아내기가 힘들었지만 그럼에도 불구하고 계속 받아주던 내 모습이 그 친구가 계속 그렇게 하게끔 만들었으니 '나의 잘못도 있었다'는 생각에 더는 미련도 없었다. 서로가 단단하게 다지지 못했던 관계였으니 나만 다그치고 자책하던 것도 멈췄다. 언젠가 아버지께서 나를 앉혀놓고 하셨던 말씀처럼 내가 살면서 가장 많이 용서한 사람이 너라는 말을 그 친구에게 마지막으로 건넸다. 그 친구의 '왜 갑자기'라는 말은 나를 벙찌게 만들었고 지금이라도 이 친구를 정리하려는 내 선택이 틀리지 않았다는 확신을 가졌다. 그제서야 차라리 마음이 편해졌다.

그 뒤로 나는 '가장'과 '제일'의 의미로 사람을 두지 않는다. 그저 현재에 충실한 사람들을 만나 좋은 것을 나누고 시간을 함께 보내는 것에 의의를 둔다. 곧 다시 만날 약속을 잡고 그땐 뭘 먹고 어디를 갈지 고민하는 것으로 다음을 준비하는 지금이 좋다. 숲을 보려고 나 대신 나무를 심어줄 사람을 이용하지 않고, 나만의 숲을 완성하기 위해 직접 내 손으로 한 그루씩 나무를 심는 것을 택한 이유가 그렇다. 울창하지 않아도 아담한 나만의 숲이 누군가 언제든 쉼이 필요할 때면 부담 없이 찾을 수 있는 휴식처가 되어주면 좋겠다. 좋은 사람들 사이에서 그런 사람이 되기를 바라며 하나씩 내 곁을 다듬고 있다. 앞으로는 서로가 서로를 찾고 부르는 게 필요에 의한 것이 아니라 공존을 위한 것이어야 하기에.

내겐 너무
어려운 행복

나는 '행복하다'는 게 정확히 어떤 감정인지 잘 모르고 살아왔다. 그걸 처음 느낀 건 첫사랑을 할 때였다. 어느 날처럼 데이트를 하고 집에 바래다주던 봄. 팝콘 같은 벚꽃이 밤하늘을 수놓았다. 첫사랑은 그런 풍경과 옆에 내가 동시에 있는 지금이 행복하다고 했다. 그러면서 나에게 "너는 나랑 있으면 행복해?"라고 물었다. 나는 그 말에 바로 행복하다는 말이 나오지 않았다. 그저 "너랑 있으면 좋지"라고만 말했다. 행복하다는 대답이 없어서 서운했던지 나에게 행복하냐고 되물었다. 하지만 나는 여전히 선뜻 행복하다는 말을 하지 못했다. '행복하다는 감정을 느끼지 못하는 내가 이상한 걸까' 그런 생각을 줄곧 하는 동안 명확한 답을 찾지 못했다. 평소에도 궁금한 것을 잘 못 참는 나는 결국 정신과를 찾아가 상담을 한 번 받아보기로 했다. 의사는 나에게 부담 없이 편하게 이야기할 수 있는 것부터 해보라고 했다. 나는 조금 망설이다가 이 부분을 털어놓았고, 의사는 내 이야기를 듣고 이런 말을 해주었다.

"행복하다고 느껴본 적이 없었던 건 아닐 거예요. 행복하다는 생각을 하지 않았던 것뿐이죠. 다른 사람들이 행복을 느끼는 것들을 본인은 당연하게 받아들이거나 부정할 수도 있고요."

그게 그거 아닌가 싶었지만, 의사는 부연 설명까지 덧붙여 나의 이해를 도왔다. 이를테면, 퇴근 후 집에 와서 샤워를 하고 침대에 누우면 다른 사람들은 '아, 행복하다'라고 생각하는데 나는 그게 '아, 편하다'에서 그치는 거라고 했다. 좋으면 '아, 좋다'에서 끝이고 '아, 행복하다'까지 이어지지 않는 거라고. 행복하지 않아서가 아니라 지금 감정에만 충실한 거라고. 또 다르게 말하면 나의 감정선은 비교적 간결하고 확실한 거라고. 행복하다는 게 어떤 건지 모른다는 게 일종의 정신병은 아니라고 했다. 다만, 내가 행복을 정의할 때 아주 거창한 것을 의미로 담아야 한다고 생각하거나, 어떤 것을 행복의 범주에 넣어야 할지 그걸 모르고 있는 것뿐이라는 말을 들으니 내 자신이 참 처량하게 느껴졌다. 상담을 끝내고 돌아오는 내내 끝없는 생각은 꼬리에 꼬리를 물었다.

집에 오자마자 나는 책상 앞에 앉아 노트를 펼치고 펜으로 '행복'이라고 썼다. 대진표 구조로 뿌리내리듯 수많은 것들을 떠오르는 대로 나열하며 연결고리를 찾으려고 애썼다. 그러다 보니 한 가지로 결론이 났다. 그 전에는 아무리 쥐어짜도 답이 나오지 않던 문제가 마침내 풀린 것 같은 기분에 해방감마저 들었다. 그건, 아주 오래전 행복을 느꼈던 장면이 내게도 분명히 있었다는 것이다. 그런데 그게 한순간에 깨지면서 상처가 되자 내가 버린 기억의 이름이 '행복하다'였다. 나는 그 사실을 잊고 싶어 했을 뿐 아직도 아주 또렷이 기억하고 있다는 걸 깨달았다. 그 뒤로 나는 무의식적으로 행복이라는 단어와 좋은 순간을 결합시키지 않으려고 하는 자기방어가 생겼다는 것을 알았다. 펜을 쥐고 있던 손에 힘이 풀렸고 머리가 어지러웠다.

의자에 기대 있다가 책상에 엎드려 한참을 울었다. 행복이 뭔지 몰랐던 게 아니라 행복이 어떤 건지 너무도 잘 알고 있었다는 것에 만감이 교차했다. 행복했던 기억이 상처받은 것을 잊어버리기 위해, 행복하다는 것에 다른 의미를 두지 않고 살았다는 사실은 충격적이었다. 누군가와 둘도 없이 깊어지기보다 서로가 포개진 그림자를 벗어나지 않으려는 노력만 했다는 것도 슬프게 다가왔다. 늘 어느 정도 적당한 거리를 두고 사람을 만나고 사랑했던 게, 그래서 늘 어딘가 아쉬움이 남았던 게 명확해지자 나는 그동안의 나에게 뒤통수를 맞은 것 같았다.

'첫사랑만 사랑이고 그다음 사랑은 사랑이 아닌가' 나는 마치 그런 왜곡된 논리를 가진 사람이 돼버린 것 같았다. 그때만 행복했고 그 뒤로는 정말이지 행복했던 순간들이 단 한 번도 없었을까. 의사 말대로 그런 것만도 아닐 텐데. 그때 내가 빼앗기다시피 놓친 행복은 지금 생각해보면 별거 아닌데. 난 참 오래도록 벗어나지 못했다는 생각에 서글퍼졌다. 행복하다는 말과 행복하다고 느끼는 것들이 곁에 충분했음에도 온전히 느끼지 못했던 나는 목석과 다름 없었다. 그런 생각들을 눕혀서 방 한편에 겹겹이 쌓아두고 그 옆에서 한동안 같이 잠들었다.

그 뒤로 나는, 행복하다는 말과 그 의미에 대해 굳이 떠올리지 않으면서 예전과 다름없이 살아가고 있다. '행복이 뭔지 알았어요!' 하며 굳이 억지로 해피엔딩을 연출하기보다, 여전히 '행복하다는 게 어떤 건지 잘 모르겠다'며 새드엔딩을 미리 정해두는 것보다, 행복하다는 것만큼은 열린 결말로 잡아두고 싶어서다.

알 수 없는 인생, 끝까지 살다 보면 언젠가 아무리 부정해도 부정할 수 없는 순간 행복하다고 느끼고 말하게 되는 날이 오겠지. 시간이 지나고 세월이 흘러감에 따라 지금 이 얕은 냇가에서 나를 흘려보내기로 했다. 언젠가 내가 바다까지 흘러가면, 바닥을 쳤던 것들이 다시금 차오르면, 자연스레 내 인생에서 행복은 무엇이었는지, 언제가 가장 행복했는지 말할 수 있을 것 같으니까. 그때까지 살아갈 내 인생에 건투를 빈다. 앞으로 내가 조금씩이라도 내가 바라는 행복에 가까워지기를 바라며 행복을 찾아 떠난 나의 뒷모습을 묵묵히 바라보려 한다.

우리가 정말
사랑했을까

스물다섯에 한 사람을 알게 됐다. 그 사람과 나는 친구의 친구로 소개받아 자연스레 친해졌다. 그런데 시간이 갈수록 점점 그 사람이 좋아진 나는, 1분 1초라도 더 이야기하고 싶어졌고 조금이라도 더 가까워지고 싶었다. 그럴 때면 가볍게 몇 잔 마시려던 술은 이내 무거운 병으로 들어와 우리와 같이 앉아 있기도 했다. 그 사람과 나는 각자 그동안 어떤 사람을 만나 어떤 연애를 했는지를 들려주며 조금씩 서로를 알아갔다. 그러다 내 마음을 고백하고 내게 마음을 열어주면서 그 사람과 나는 연인이 되었다. 그 사람과 나는 의심의 여지없이 서로에게 충실했다. 서운하거나 미안할 때면 처음부터 그랬듯 술 한잔하며 풀어주기도 했고 어디에서 무엇을 하든 늘 서로가 먼저였던 우리의 시간은 안정적으로 흘러갔다. 서로에게만 다정했던 우리 둘은 다시 각자로 돌아갈 수 없을 만큼 깊어졌고, 주변 사람들의 기대와 우려 속에 우리가 품은 사랑은 한 살이 되었다.

하지만 그 사람은 뭐든 쉽게 싫증을 느껴 잘 쓰고 있던 것도 자주 바꾸고 늘 새로운 것에 흥미와 관심을 보이곤 했다. 그래서였을까. 1년 반이 지났을 무렵부터 그 사람은 조금씩 예전과는 다른 행보를 보였다. 그 사람은 콕 집어 나쁜 사람이었다기보단 매사 바쁜 사람이었고 내가 서운해 할 것 같은 날이면 미안하다는 말부터 하고 보는 사람이었다. 그 사람은 나처럼 사람을 좋아했고 술과 술자리를 좋아했다. 술에 취하면 지금이 몇 시인지 그런 건 상관없이 새벽이라도 전화를 걸어 잠든 나를 깨우곤 했다. 내게 서운한 것을 꺼내 속마음을 다 보여주다가도 다음날이면 기억나지 않는다며 서둘러 다른 이야기로 화제를 돌리기도 했다. 그럴 때면 밖에서 사 먹는 밥이 집밥만큼 채워주지 못하는 아쉬움을 느껴야만 했다. 어느 순간 갑자기 그 사람은 각 지역에 흩어져 있는 친구라는 친구는 다 만나고 다녔고 이른 저녁 시간에 일찍 잠든다거나 늦은 오후까지 일어나지 않기도 했다. '요즘 왜 그러냐'고 물으면 '나를 못 믿는 거냐'는 말이 돌아왔다. 그 사람의 사적인 자리는 자주 길어졌고 우린 그만큼 덜 보게 됐다. 주말에도 일이 바빠 출근해야 한다고 하면, 나는 비록 반쪽짜리 데이트라도 군말 않고 기다리며 옷매무새를 고치곤 했다.

그러다 그 사람은 내가 이번 휴가엔 어디로 여행을 가자고 해도, 오늘은 평소와 다른 데이트를 하자고 해도 별다른 호응 없이 시큰둥했다. 그런 날이면 내가 이 사람을 달라지게 할 수는 없겠다는 생각이 들어 씁쓸했다. 나라고 그 사람에게 있어 예외는 아니었음을 직감했던 것이다. 그래도 그런 상황에서 이해를 강요하거나 생색내지 않았던 우리는 다음 해를 맞이했다.

그때쯤 그 사람은 "나 요즘 왜 이러는지 모르겠어"라며 빈 눈물을 가끔씩 흘리곤 했다. 그 말에 불현듯 위기감이 엄습했던 나는 그 사람에게 거의 모든 것을 예전보다 더 많이 맞춰가며 1인치라도 틀어지지 않으려고, 1센티라도 멀어지지 않으려고 안간힘을 썼다. 아주 사소한 것까지 세세하게 챙기고 그 사람의 기분과 컨디션부터 먼저 살피

곤 했다. 나와 비슷한 시기에 연애를 시작한 다른 친구들
은 그 무렵 권태가 오거나 느슨해졌다는 까닭으로 뭉그적
거렸지만 나는 그와 상반되는 이유로 뼈가 쑤셨다. 나도
사람이라 싸우지 않으려고 참고, 미안해할까 봐 이해하는
것에 점점 한계가 왔다. 그 사람은 그런 부분에선 나를 과
대평가했다가 어차피 편집될 장면에서는 실망한 것 같은
뉘앙스를 자주 풍겼다.

"아무리 서로 좋아서 연애한다지만 어떻게 매일 만나?
어떻게 서로만 만나고 살아? 각자 다른 일이 있을 수도 있
는 거잖아. 그렇다고 그게 사랑이 아니야?"

"그래. 그건 그렇지만, 어떻게 친구보다 덜 만나고 살
아? 늘 다른 일 때문에 내가 뒤로 밀리는 그런 기분을 누
가 좋아해? 이럴 거면 혼자 살지. 연애를 왜 해? 너만 바쁘
고 나는 집에서 놀아? 도대체 뭘 어쩌자는 거야?"

그 사람이 툭 던지면 내가 그대로 받아서 아예 터뜨려
버리는 식의 다툼이 잦아졌고 그건 늘 이해나 수용 없이
상처만 남겼다. 그 사람은 내가 이해가 안 된다고 답답해
했지만 나는 그럴 때마다 말이 통하지 않아 더 이상 말도
하기 싫을 만큼 숨이 막혔다. 습관처럼 흘러나오는 미안
하다는 말이 나중에는 이골이 났다. 같이 있으면 나를 좋

아하는 것 같은데 떨어져 있으면 당장 볼 수 없는 그 사람의 모습처럼 잘 보이던 것들이 보이지 않고 손에 잡히지 않아 불안했다. 잘 알고 있던 것들에서 조금씩 벗어나는 그 사람을 보면서 가장 가깝다고 느낀 만큼 한순간 남처럼 낯설기도 했다. 하지만 그래도 사랑하는 사람이라 전과 다르게 변해가는 걸 지켜보면서도 참고 견뎌야 했다.

우리를 알게 해준 친구에게 가끔씩 이런 나의 속내를 털어놓기도 했는데 그 친구는 내 이야기를 듣고 난 뒤, 우리의 사태에 대해 이렇게 진단했다.

"너희 둘 다 입장이 이해가 돼. 둘 다 말이 된다고. 그래서 그게 문제야. 누구 한 사람이 콕 집어 잘못한 건 없다는 게 답이고."

친구의 말은 정확했다. 우리가 그랬다. 싸우면서도 서로 입장을 모르는 건 아니었지만 내 뜻대로 되지 않는 서로를 답답해했던 것처럼 그 말이 맞았다. 나와 싸우기 싫다는 이유로 그 사람은 피하거나 말을 하지 않았고, 나는 싸울 때 싸우더라도 이런 자잘한 다툼으로 조금씩 틈이 벌어지는 게 더 싫어서 물고 늘어졌다. 하지만 우린 각자 본연의 모습을 끝까지 유지할 뿐이었다. 서로를 닮아가려는 노력 없이 겪어본 결과 '우린 서로 너무 다르다'는 결론에 합의한 것처럼 더 이상 서로에게 책임을 전가하지 않왔다. 어떻게 보면 그런 식으로 서로를 포기해가는 중이었을지도 모른다. 시간이 지날수록 그렇게까지 이해하던 나의 품은 해지고 서운함을 내색하지 않아야 했던 마음은 눈에 띄게 지쳐갔다. 어느 날, 나의 절친 A는 나에게 심각한 표정으로 이런 말을 했다.

"걔는 너를 사랑하는 게 아니야."
"아니, 뭘 그렇게까지 말을 해…"

정작 말은 그렇게 하면서도 이미 답은 나와 있는데 그걸 인정하기 싫어했다. 그런 생각을 안 해본 것도 아니지만 '그래도 그 사람은 나를 사랑한다'라는 확신도 없었던 나는 그 자리에 그대로 얼어붙었다. 내내 앓고 있던 감정들이 모두 답답함으로 내려앉아 내 마음에 쌓여간다는 걸 체감하고 있었다. 그 사람을 만나는 사람은 난데 내가 그걸 모를 리가 없었다. 내가 더 사랑한다는 느낌과 내 마음은 '나만 사랑하는 것 같다'는 메시지만을 꾸준히 나에게 전송했다. 변한 건 마음이 아니라 서로였다. 오래 만난 사람이라, 모든 걸 다 감싸주던 사람이라, 그 사람은 이해할 거라는 이기적인 감정이 불러온 대참사였다. 아무리 싸워도 헤어지진 않았으니 '우리도 언젠가 헤어질 수도 있겠다'는 생각은 꿈에도 한 적 없을 만큼의 안일함이었다. 친구의 말을 곱씹으며 최근의 우리를 돌이켜보니 정말 기가 막힐 정도로 우리의 모습에는 사랑하는 연인들이 나누는 흔한 애정표현 하나 없었고 서로를 묻거나 챙기지도 않았다. 그저 철저하게 자기 위주의 말만 통보하듯 남겨두곤 했다. 말에 온기도 없고 대화의 주제도 없었다. 나는 얼마 전에 몸살이 와서 꼬박 이틀을 누워 있었는데도 그 사람에게 말하지 않아 그 사람은 내가 아팠다는 것도 몰랐고, 그 사람이 얼마 전에 새끼손가락을 다쳤다고 했지만 나 역시도 바빴다는 이유로 넘긴 다음이었다. '보고 싶다. 사랑해' 이런 대화를 마지막으로 나눈 건 한 달도 훨씬 전이었다. 순간, 앞으로 서로에게 무슨 일이 생겨도 서로만 모를 것 같은 불길한 예감과 서로에 관한 건 서로가 맨 마지막에 알게 될 것 같은 거리감마저 느껴졌다.

그럼에도 그 사람과 이렇다 할 합의점을 찾지 못하고 전전긍긍하는 내 모습은 내가 봐도 답답했다. 사랑하는 사람과 같이 있어도 외롭다는 게 어떤 건지 제대로 느꼈다. 그 사람의 모든 행동은 나를 더 눈치 보게 하고 주눅 들게 만들었지만, 나는 그 사람을 두고 차마 돌아설 수 없었다. 그 사람의 마음을 알면서도 모르는 척해 왔다기보다는 그런 와중에도 내가 뭘 어떻게 해야 할지 그걸 몰랐다. 그 사람의 그냥 넘기려고 하는 말이나 안 하겠다고 하고 또 하는 그런 것들 때문에 자존심이 상하고 화가 날 때가 정말 셀 수 없이 많았다. 그래서 하루에도 몇 번씩 이 짓을 때려치우고 싶었다. '내가 지금 얘랑 뭐 하는 건지', '이런 걸 사랑이라고 하고 앉았는지…' 나조차도 내가 이해가 안 되는 상황에서 난 비틀거리며 똑바로 걷지 못하고 있었다. 가만히 서 있는 것보다 이곳을 벗어나기 위해 발걸음을 옮기려는 움직임이 더 쓰리게만 느껴졌다. 언제 다쳤는지 모를 다리를 절며 하루 종일 그 사람의 편의에 따라 질질 끌려다니는 꼴을 매일 내 두 눈으로 똑똑히 봐야 했다. 뭘 갖다대도 내가 턱없이 부족한 것 같은 기분은 쉬이 사라지지 않았고 어느새 그 사람은 마치 내가 넘을 수 없는 거대한 산처럼 보였다. 턱 끝까지 '우리 그만 만나자'라는 말이 올라올 때마다 그 사람의 손짓 하나, 눈빛 하나에 와르르 무너지는 나를 견디는 게 그중 가장 힘들었다.

그런데 그런 나를 더 맥 빠지게 했던 건 우리를 같이 아는 사람들을 만나면 그들은 우리를 부러워했다는 것이다. 둘 사이의 일을 주변에 알리는 걸 극도로 꺼려했던 그 사람과 우리 사이에 대해 뭐라고 딱히 할 말이 없던 나였기에 남들 눈에 별 문제 없는 것처럼 보이는 게 가능했을 것이다. 그런 날이면 내 눈에 보이는 우리는 마치 쇼윈도 부부 같았다. 나는 물 한 잔을 마시는 것도 어색했는데 사람들은 아무것도 눈치채지 못했다. 그저 다정해 보이는 잠깐의 쇼를 보며 우리에 대해 안심하는 것 같았다. 우린 같은 시간 속, 서로 다른 크기의 생각과 마음을 갖고 다 된 것들을 다시 뒤죽박죽 어지르고 있을 뿐이었다. 영문도 모를 무언가에 부딪혀 답이 없을 때에만 서로를 사랑이란 핑계로 됐다. 이상하리만치 엉뚱한 방향으로 흘러가는데도 그저 묵묵히 서로를 뒤따라가는 게 다였다. 나중에 그게 잘못되면 지금까지의 서로를 탓하면 그만이었다.

그런 보여주기 식의 다정한 분위기를 연출하는 게 불편했던 내가 비협조적인 태도를 보이자 우린 그날 결국 크게 다투고 말았다. 사람들 앞에서 보이는 자신의 이미지가 중요했던 그 사람과 당장 우리 사이가 우선이었던 나는 끝내 간극을 줄이지 못했고 언성이 높아지면서 서로에게 하면 안 될 말까지 서슴지 않았다. 참다못해 그 사람이 먼저 뱉은 헤어지자는 말 또한, 늘 내게 하던 미안하다는 말처럼 쉽고 편해 보였다. 몇 년을 함께했던 우리는 단 몇 분만에 헤어졌다. 그런데 나는 그런 수모를 겪고도 헤어지고 싶지 않았다. 이렇게 헤어질 순 없었다. 많은 게 억울했고 모든 게 서러웠다. 하지만 줄담배를 피우듯 한숨만 늘어놓던 나는 말 한마디 제대로 못하고 그대로 이별을 맞이했다. 그런데 그 소식은 우리를 같이 아는 사람들 사이에서 삽시간에 퍼졌다. 그토록 사생활에 대해 말을 아꼈던 그 사람이 우리가 헤어졌음을 암시하는 글을 인스타그램에 올리면서 예전과는 다르게, 나보다 더 빠르게 우리의 끝을 인정했기 때문이었다. 그걸 본 내 친구들은 앞다투어 내게 전화를 걸어댔다. 살면서 괜찮냐는 말을 그렇게 단시간에 많이 들어본 것도 처음이었다. 내 친구들은 그날 이후로 한두 명씩 매일 번갈아가며 나를 만나 술을 같이 마셔줬다. '너도 할 만큼 했으니 이젠 그만하라'는 말만 미리 짜 맞춘 것처럼 내게 세뇌시키듯 반복했다. 안타까운 시선으로 나를 보던 눈빛들이 한순간에 변해 갑자기 나의 값어치를 높이 평가하기도 했다. '이제 와서 말이지만 네가 아까웠다. 울고불고 매달리더라도 절대 다시 만나지 말라'는 말만 아직 얼얼한 내 가슴에 나무판자 하나 대고 사방에서 못을 박듯 사정없이 꽂아댔다.

그 당시에 넋 놓고 앉아만 있던 나였기에 그런 말들이 곧이곧대로 들릴 리 없었다. 술을 마시다가 급기야 술이 나를 마시면 모든 필름을 끊고 사경을 헤매는 일들이 연달아 발생했다. 매일 아침, 전날 마신 술이 깨지도 않았지만 헤어진 그 사람에 대한 마음이 깨지지도 않았던 나에게 나도 할 말을 잃었다. 깨질 듯한 머리를 한 손으로 부여잡고도 눈만 뜨면 '혹시 그 사람에게서 연락이 오진 않았을까' 하는 마음에 핸드폰부터 확인했다. 그 사람의 카톡 프로필 사진부터 상태 메시지, 설정해놓은 노래와 인스타그램까지 들락거리는 건 하나의 코스가 되었다. 무슨 스토커처럼 몰래 염탐하는 나와 마주친 순간엔 스스로가 극도로 혐오스러웠고 그런 내 모습에 나조차 질리곤 했다.

하지만 그 어떤 연락도 한 통 없는 그 사람을 무작정 기다리기엔 1분 1초가 길어 매 순간 지쳤다. 그렇다고 내가 먼저 연락할 용기도 없고 나만 답답한 이 상황에서 당장 내가 할 수 있는 거라곤 아무것도 없었다. 내가 봐도 내가 한심한 게 끝에서 끝을 달렸다. 새로운 오점들이 어느새 수두룩했고 그것들은 들쑥날쑥한 수치를 매일 갱신하고 있었다. 예전엔 알림 설정까지 해놓고 제일 먼저 누르던 '좋아요'의 빨간 하트도 헤어지던 날부터는 누르지 못했다. 빈 하트들이 하나 둘씩 늘어가는 게 마치 지금의 우리 사이를 보는 것만 같아서 그걸 보며 또 하염없이 슬퍼했다. 헤어졌지만 그래도 좋아서 아무것도 잊지 못했던 내가 슬픈 나는, 밤마다 베개에 얼굴을 파묻고 숨죽여 울음을 삼키는 데에 많은 날을 썼다.

내가 그렇게 제정신이 아닌 상태로 자빠져 있는 동안 그 사람이 먼저 나를 언팔로우 했다. 나 혼자서만 그 사람을 붙잡고 있는 건 실생활에서도 SNS상에서도 똑같다는 생각이 들어 다시금 비참함을 느꼈다. 홧김에 '나도 언팔로우 해버릴까' 생각했지만 금세 다시 '자기가 그랬다고 나까지 그래버리면 그럴 줄 알았다고 하겠지. 비공개 계정이니 나도 끊으면 아무것도 안 보일 텐데…' 싶어 차마 그러진 못하는 나에게 속으로 욕이란 욕은 다 퍼부었다. 겨우 조금 떨쳐냈을 때 내가 했던 거라곤 어떤 것도 끊어내지 못한 채로 평상시에도 핸드폰을 엎어두거나 무음으로 해두는 게 다였다.

미련인지 애증인지 아니면 둘 다였는지, 그땐 정말 이 세상에 모든 지질함을 죄다 끌어안고 살았다. 인정하기 싫었던 건 우리가 헤어졌다는 사실보다 내가 아직도 여전히 그 사람을 사랑하고 있다는 거였다. 그래서 '시간이 지나면 괜찮아지겠지' 하며 매일 스스로에게 주문을 걸기도 했다. 시간이란 약을 그렇게 억지로 꾸역꾸역 삼켰다. 눈만 뜨고 있을 뿐 사는 게 아니었다. 매일 때맞춰 오던 연락들이 툭 끊어진 채 아무것도 들려오지 않는 매일은 아무리 다른 것들로 채우고 때워도 텅 빈 것 같이 공허했다. 그 사람의 소식은 나에게로 전해지지 않는 대신 인스타그램에 실시간으로 올라왔다. 그런데도 그럴 때면 그 사람에게 무슨 일이 생긴 건 아닌지 걱정하고, 혹시 내 생각이 난다거나 '나와 관련된 건 아닐까' 하며 이미 나온 답안지의 오답을 밤새도록 고쳐 써가며 다각도로 해석하기도 했다. 나와 달리 너무도 잘 지내고 있는 그 사람을 볼 때마다 '지금 내가 이러는 게 다 무슨 소용인가' 싶다가도 하루도 못가 다시 그 사람의 근처만 멀리서 맴돌았다. 차단을 하지 않아 내 눈에 보이는 것들이 여전했기에 하루아침에 남이 된 상황을 인지하는 게 더뎠다. 내가 보란 듯이 스토리를 올리면 대놓고 보고 가는 그 사람을 보며 별의별 생각을 다했다. '만에 하나'라는 기대는 꺼져가는 불씨를 살렸고 이러다 다시 꼭 닿을 것만 같았다. 이미 헤어졌지만 내가 계속 기다린다면 언젠가는 돌아올 것 같았다. 그런 미련들이 나를 먹살 잡고 여기저기 기웃거리도록 끌고 다녔다. 후에 안 사실이지만 그 사람은 내가 일찌감치 팔로잉을 끊은 줄 알았고 스토리는 단지 궁금해서 봤을 뿐, 나를 딱히 신경 쓰지 않고 지냈다고 했다.

그러던 어느 날, 정말 거짓말처럼 그 사람에게서 연락이 왔다. 나와 헤어지고 다른 사람을 만나보니 나 같은 사람은 없더라며 너무 늦지 않은 거면 다시 시작했으면 좋겠다고 먼저 말을 걸어왔다. 나는 서둘러 그 사람을 다시 받아주었다. 그런데 그게 문제였다. 이미 우린 둘 다 그때 헤어진 지점에서 많이 벗어나 있었던 것이다. 누구 하나만 돌아온다고 해서 될 일이 아니었다. 둘 다 동시에 돌아가야 했고 돌아와야 했다. 가만히 서 있기도 어지러운 상황에서 다시 만나려면 나도 돌아가야 한다는 사실을 그땐 전혀 알지 못했다. 그러다 보니 내가 서 있던 곳에서 그사람까지의 거리가 우리 눈에만 보이지 않는 뚜렷한 명암으로 존재했다.

애틋했던 마음도 잠시, 스티커를 뗐다 붙였다를 반복하면 접착성을 잃고 잠깐 붙어 있다가도 이내 툭 떨어지는 것처럼 그 뒤로 우리가 그랬다. 서로가 가진 마음의 짐이 증발한 자리에 타들어간 감정들은 지워지지 않는 그을음만을 남겼다. 주고받는 마음에서 사랑이란 찾아볼 수 없었고 상처를 받으면 더 큰 상처를 입혀야만 직성이 풀리곤 했다. 그 어느 지점에서도 우연히 마주치지 못했고 서로를 알아보면서도 못 본 척 지나쳤다. 가면 갈수록 뭔가 잘못돼가고 있다는 생각이 강하게 들었다. 어디서부터 뭐가 잘못된 건지, 마음은 착잡했고 머리끝까지 이유를 알 수 없는 화가 나기도 했다. 생각조차 하기 싫은 장면들은 그 후로도 수십 번이 더 있었다. 서로를 죽일 듯 몰아세우고 얼마 못 가 미안해하는 그런 짓을 매번 반복했다. 그동안 쉽게 뱉은 헤어지잔 말을 급하게 주워 담는 것도, 눈 딱 감고 다시 서로를 받아주는 것도 딱 그만큼이 더 있었다. '제발 이

런 식으로 싸우지 말자'는 말도, '툭하면 헤어지자고 하지
말자'고 했던 것도, '너를 사랑하는 게 너무 힘들다'고 서
로에게 서로를 부탁하며 새끼손가락을 걸었던 것도 그리
오래가지 못했다. 헤어지는 말없이 헤어지고 만나자는
말없이 다시 만났다. 그 순간이 지나면 언제 그랬냐는 듯
이 우린 서로를 말 몇 마디로 찢고 붙이며 간단하게 생각
하다가 점점 더 간편하게 소비하고야 말았다.

　　우리를 아는 친구들은 수십 번을 헤어지고 다시 만나
는 너희 둘 다 제정신이 아니라고 했다. 하다하다 이젠 아
예 미쳤다고 했다. 헤어졌다고 해도, 다시 만난다고 해도
믿지 않았고 묻지 않았으며 더 이상 나를 위로하지도 않
았다. 그도 그럴 것이 당사자인 나조차도 이 모든 상황이
너무 지긋지긋했다. 그래도 아직은, 그리고 우리는, 대화
로 풀 수 있을 거라고 생각했던 내가 어리석었다는 생각
밖엔 들지 않았다. 결국엔 더 이상 줄 마음이 하나도 없
어 우린 이번이 마지막이라며 받아주고 져주는 게 아닌,
이젠 정말 끝내는 것에 한 걸음 더 다가가는 용기를 냈다.

　　그동안 서로가 알고 있던 많은 것들의 절반 이상을 잃
어버린 다음이었기에 만나면서 잊어온 서로를 들키지 않
으려고 적당한 말을 찾고 있는 듯한 눈치를 눈물 대신 흘

렸다. 그러다 서로 탓을 하는 게 이제 와 무슨 의미가 있냐고 여겼던 나는 지금까지의 모든 모습의 서로를 부정하는 듯이 "우린 여태 그렇게 서로를 겪고도 잘 몰랐던 거야"라는 말을 했다. 하지만 그 사람은 "아니. 우린 서로 너무 잘 알면서도 서로에게 너무 많은 잘못을 했어"라며 차분하게 말했다.

끝에 가서야 진심으로 서로의 말을 들어주고 받아들였다. 속마음을 알고 있다고 하더라도 더 이상 달라질 게 없다는 걸 알고 있었다. 여기저기 난잡하게 흩어져 있던 서로의 조각들을 한데 모아 빙 둘러대듯이 겉에만 예쁜 포장지를 씌우고 그럴듯하게 리본까지 묶었다. 시퍼렇게 멍든 부위에 연고 없이 반창고만 덧대어 붙이는 식으로 어설프게 마무리된 끝이라는 건 허탈감만을 가득 안겨주었다. 서로의 가슴에 붙여두었던 각자의 명찰을 떼어 다시 가져가는 게 우리의 마지막 이별의식이었다.

수백 번을 사랑한다고 말하면서도 사랑하지 못했고, 사랑하면서 누구보다 잘 알고 있다고 자부했지만 끝내 잘못 알고 있던 사람과 우린 그렇게 각자의 방식으로 헤어졌다. 서로의 평생에서 가장 오랜 시간을 함께했지만 '우리가 정말 사랑했을까'라는 물음으로 남은 사람. 엔딩이

싫어, 엔딩을 몰라 그저 마지막엔 서로에게 적당한 것들
로 짜 맞추기에만 급급했던 사랑. 사랑한다는 단어만 알
고 있을 뿐 진정한 사랑의 의미를 몰랐던 두 사람. 그런 우
리는 딱 한 번 정확하게 헤어지고 나서야 비로소 완벽하
게 남이 되었다.

영양불균형

　자취를 시작하면서 사들인 그릇들과 밥솥이 무색할 만큼 집에서 밥을 잘 안 해먹었다. 어쩌다 라면이라도 끓여 먹으면 그나마 다행이었다. 밥은 주로 일 끝나고 밖에서 사 먹었는데 술을 마셔도 안주를 잘 안 먹는 데다가 기분이 안 좋거나 축 처지면 아예 음식을 입에 대지 않았다. 맛집을 찾아다닌다는 건 애초에 나와 거리가 먼 이야기였고 TV 프로그램도 요리와 관련된 건 일체 보지 않았다. 먹는 걸 별로 안 좋아한다고 하면 다들 신기하다는 눈빛으로 나를 본다. 하지만 어느새 난 그런 생활에 익숙해졌다. 그러던 어느 날, 일을 하다가 머리가 핑 돌았고 나는 그대로 쓰러졌다. 실려간 병원에서는 영양실조라고 했다. 그제서야 밥을 안 먹은 지 오래됐다는 생각이 들었다. 요즘 세상에 영양실조가 웬 말이냐 싶지만, 귀찮다고 잘 안 챙겨 먹고 바빠서 자주 건너뛰고, 먹어도 대충 먹었던 것들이 쌓여 내 몸에서 가뭄을 만들어낸 것이다.

먹고살기 위해 버는 돈.
하지만 그 돈으로 제대로 먹고, 제대로 살고 있는 건 아닌 것 같은 기분.

병원에서 돌아오는 내내 뒤통수를 한 대 맞은 것 같았다. 그렇다면 지금까지 돈 벌어서 다 어디에 썼던 걸까. 신용카드 사용내역을 뒤져보니 옷 쇼핑비, 술값, 담뱃값, 택시비, 커피값 등등 굳이 안 써도 될 것들뿐이었다. 마트에서 장을 보거나 야식으로 치킨을 주문한 내역 같은 건 하나도 없었다. 사태의 심각성을 인지한 나는 곧바로 약국으로 가 각종 영양제부터 샀다. 마트에서 소고기도 사고 반찬가게에서 고등어구이와 나물 반찬도 샀다. 집으로 돌아와 냉장고를 열어 사 온 것들을 정리해서 넣고 정말 오랜만에 밥솥에 쌀을 안쳤다. 장본 것들을 차려놓고 밥을 먹는데 이제야 좀 활기가 도는 기분이었다. 밥을 다 먹고 터질 듯한 배를 두드리며 숨을 돌렸다. 약국에서 사온 영양제도 챙겨 먹고 샤워를 했다. '그래, 내가 무슨 부귀영화를 누리겠다고…' 싶은 생각이 들었다. 앞으로는 편의점보다 마트를 자주 가겠노라고, 술값이나 택시비로 날릴 돈으로 맛있는 걸 사 먹겠다는 다짐을 했다. 비록 작심삼일로 끝날지언정 먹고살기 위해 돈을 버는 나를 잘 먹여야겠다는 다짐을 깊이 새겼다.

나만 그렇게 종종 끼니를 거르고 대충 챙겨 먹는 건 아닐 것이다. 먹고살기 바빠서 잘 먹어야 안 아프다는 걸 잊고 살 때도 있다는 생각이다. 한 푼 두 푼 아낀다고 살림살이가 나아지는 것도 아닌데 아껴 쓰고 절제하는 게 몸에 배어버렸을지도 모르겠다. 하지만 나를 잘 먹이는 게 최우선이다. 하루 종일 나의 위치에서 열심히 했던 나를 굶기는 건 나의 존재를 무시하는 것과 같다. 나를 위해 열심히 사는 나에게 맛있는 것보다 몸에 좋은 것을 먹이고 싶다. 그러면 지금보다 더 힘을 내어줄 걸 아니까. 현재 나이에 비해 더 건강해질 테니까.

낯선 고백

어느 순간부터 이상하게 매사 불안했다. 아무 일이 없는데도 꼭 무슨 일이 생길 것 같아 끊임없이 불안한 게 사라지질 않았다. 그런 일상생활은 하루가 일 년 같아 너무 괴로웠다. 나의 불안 증세는 늦은 밤 골목길에서 맞은편에서 걸어오는 사람이 갑자기 품 안에서 흉기를 꺼내 나를 공격할 것 같은, 택시를 타면 택시 기사가 신호를 무시하고 달리다가 큰 차와 부딪혀 대형사고가 날 것 같은,

내가 먹는 음식은 어딘가 상한 맛이 나는 것 같은 생각들로 이어졌다. 그렇게 나는 점점 외부와의 접촉을 차단하고 집에만 있게 되었고 입맛도 잃어 핼쑥해졌다. 세수하려고 얼굴에 물을 끼얹으면 그 물에 잠겨 익사할 것 같았다.

가까스로 추스르고 잠이 들면 자주 가위에 눌리기도 했다. 꿈에선 아무런 연관도 없는 사람들이 말도 안 되는 상황에서 나를 에워싸고 있었다. 나와 같이 이야기하거나 내가 도망가면 그들은 나를 뒤쫓아오곤 했다. 땀으로 샤워한 것처럼 흠뻑 젖은 채로 잠에서 깨면 내 방 천장은 금방이라도 무너질 것 같이 코앞에 와 있었다. 눈을 뜨면 핸드폰에는 새로운 알림이 없었지만 방금 전 꿈속에서는 수많은 메시지들이 대기화면을 두드렸다. 이런 내가 아무래도 제정신이 아닌 것 같아서 이전에도 우울증 약을 처방받은 적이 있던 정신과를 찾아갔다. 나의 이런 증상을 이야기하는 중에도 나는 끝없이 불안했다. 심장이 너무 빨리 뛰었고 이러다가 심장마비로 죽을 것 같다고 말했다. 나의 이런 불안 증세는 언제부터 시작된 걸까. 담당 의사는 우울증과 공황장애, 불안장애의 합집합이라며 우선 약물치료부터 해보자고 했다. 힘없이 병원을 나선 후 약국에서 약을 받았다.

그날 밤, 본가에서 부모님과 식사 자리가 있었다. 하지만 나는 그날따라 웃는 것도, 말하는 것도 어색했다. 부모님이 번갈아가며 무슨 일 있느냐고 물으면 그제서야 정신이 번쩍 들어 아무 일 없다고 급하게 둘러대는 게 다였다. 그런 날들이 몇 달 더 지속됐다. 이대로는 안 되겠다 싶어 엄마에게 내가 지금 이렇다는 사실을 털어놓았다. 순간적으로 후련한 것 같은 느낌 뒤로 엄청난 후회가 밀려왔다. '괜히 말했다'는 자책과 나 때문에 마음 아파할 엄마 얼굴이 떠올라 몇 날 며칠을 힘들어했다. 그 주에 엄마는 외할아버지 산소에 가서 내 이야기로 기도를 하며 울었다고 했다. 그 말을 듣는 순간 또 후회됐다. 세상엔 몰라도 되는 것이, 알아서 좋을 게 없는 일이 있다는 게 때론 너무 슬픈 사실인 것 같아 텅 빈 가슴을 쓸어내렸다.

지금은 비교적 괜찮아졌지만 그런 일이 있고 난 뒤로는 아파도 아프다는 말을 입 밖으로 꺼내지 않게 됐다. 그렇게 나는 겉으로만 멀쩡하게 지내는 사람이 되기를 자처했다. 누군가에게 나를 말한다는 건 낯선 고백을 하는 것 같다. 나도 모르는 사이 나는 계속해서 약해지는데 그 사실은 아무도 몰라야 한다는 생각만 나이를 먹고 있다. 어떤 것에 힘들어하는 나를 드러낸다는 것은 여전히 너무 어려운 일이다.

제대로
숨을 쉰다는 것

처음엔 한겨울 독한 감기에 걸린 것뿐이라고 생각했다. 그런데 기침을 하면 머릿속에서 뇌가 좌우로 흔들리는 것 같았고 머리가 터질 것 같았다. 고개를 앞으로 숙이기라도 하면 왼쪽 눈 주변부터 이마까지 순간적으로 피가 그쪽으로만 왕창 쏠리는 것처럼 욱신거렸다. '이상하다. 왜 이러지' 그렇게 생각만 하며 대수롭지 않게 넘겼다. 며칠 뒤 아침에 눈을 뜨니 마치 코가 없는 것처럼 숨도 쉬어지지 않고 입안이 바싹 말라 있었다. 회사에 병원 갔다가 출근하겠다는 연락을 하고 다시 눈을 감았다. 그저 '조금 더 자고 일어나면 괜찮겠지' 그렇게만 생각했다. 한 시간쯤 지났을까. 뭐 물어볼 게 있다며 엄마에게서 전화가 왔다. 목소리는 잠겨 있지, 주위는 조용하지, 뭔가 이상했던지 엄마가 물었다.

"니 어디 아프나? 오늘 회사 안 갔나?"

"아, 어. 감기가 너무 심해서 좀 늦게 간다고 했다."

"약국 가서 종합 감기약 같은 거 사 먹지 말고, 병원을 가라. 주사 한 대 맞는 게 더 낫다. 같이 가줄까?"

"아니. 그냥 조금 더 자다가 가면 될 것 같은데…."

엄마는 얘가 지금 무슨 소리를 하는 거냐며 삼십 분 뒤에 나름 동네에서 큰 편에 속하는 이비인후과 앞에서 만나자고 했다. 마지못해 알겠다고 하고 옷을 갈아입으면서도 '안 가도 될 것 같은데' 하는 생각만 들었다. 엄마를 만나 병원에 들어서자마자 그 생각은 더 커졌다. 정말 많은 사람들이 소파에 앉아있다 못해 줄을 서서 본인의 차례를 기다리고 있었다. 족히 한두 시간은 더 걸릴 것 같아 보여서 순간 아찔했다.

"엄마. 그냥 약국 가서 약사 먹어도 될 것 같은데. 줄도 너무 길고, 뭐 주사 맞으면 바로 낫나? 그것도 아니고…."

"잔말 말고. 여기까지 왔는데 이왕 온 거 주사 한 대 맞고 병원에서 처방해주는 약 받아 가자. 가만히 있어라."

약국에 가도 된다는 나만큼 병원에서 진료를 받길 바라는 엄마도 완강했다. 그렇게 한참을 기다린 끝에 드디어 내 차례가 왔다. 의사에게 감기도 감기지만 그런 증상이 있다고 말하자, 대뜸 의사는 영상의학과에 가서 뇌 CT를 찍고 다시 오라고 했다. 코 안쪽에 물혹이 생겼을 가능성이 있다는 이유에서였다. '맙소사, 혹이라니…' 신체 중 어느 부위든 혹이 생겼다는 건 수술을 해야 하거나 어쨌든 몸에 이상이 생긴 것 아닌가. 순간 불안감이 엄습했다. 같이 온 엄마도 당황하긴 마찬가지였다. 하지만 의사가 그러라고 하니 그럴 수밖에. 근처에 있는 영상의학과에 가서 뇌 CT를 찍고 자료를 받아 다시 병원으로 갔다. 의사가 내 말만 듣고 진단을 내린 것과 뇌 CT상으로 보이는 게 정확히 일치했다. 나는 순간, 시한부를 선고받은 사람처럼 "그럼 전 이제 어떻게 되나요?"하고 물었다. 의사는 너무 걱정할 것 없고, 수술하고 3일 정도 입원하면 된다고 말했다. 하지만 그날 당일에 바로 수술을 할 수 있는 건 아니었고 며칠 뒤에 그 병원에서 수술을 받기로 했다.

병원을 나서는 순간, 엄마는 약국 가서 약을 사 먹고 그냥 지나쳤더라면 어쩔 뻔했냐고, 엄마 말을 듣길 잘했다고, 그나저나 수술하고 입원해야 한다니까 걱정이라고 하셨다. 그러게, 어쩐지 이상하더라. 사실 예전에도 이랬던 적이 있었는데 그냥 넘겼었다. 감기가 나으면 언제 그랬냐는 듯이 다시 괜찮아졌기 때문이었다. 그런데 이젠 다시 괜찮아지기 힘들 정도로 물혹이 커졌다는 사실에 심란했다. 내 스스로 병을 키운 것과 다름없으니 할 말도 없었다.

그렇게 며칠 뒤, 아침 10시 수술을 위해 병원으로 갔다. 혼자 보내기 좀 그랬던지 동행한 엄마와 수술 동의서를 작성하고 위층으로 올라갔다. 지정된 입원실에서 환자복으로 갈아입고 수술을 위해 잠시 대기했다. 기분이 이상했다. 수술이라니… 수술실은 조명가게에 온 것처럼 눈부시도록 환했다. 간호사가 잠시 누워 있으라며 전신마취를 위한 준비를 했다. '살아서 이 수술실을 나갈 수 있겠지' 오만 생각이 다 들었다. 곧이어 담당 의사가 들어왔고 눈을 감았다 뜨면 다 끝날 거라며 날 안심시켰다. "마취 들어갈게요" 이 말을 끝으로 쎄한 기분을 느꼈다. 다시 눈을 떴을 때 나는 병실로 옮겨져 있었다. 삼십 분쯤 지나 마취에서 깬 나는 내 몸이 마음대로 움직이지 않는 기이한 경험을 했다. 걱정스러운 얼굴로 내가 깨어날 때까지 곁을 지켜준 엄마의 얼굴을 보니 그제서야 안심이 됐다. 내 오른팔엔 주삿바늘이 꽂혀 있었고 수액은 한 방울씩 내 몸으로 흘러 들어왔다. 왼쪽 코는 벌에 쏘인 것처럼 부어 있었고 압축 솜으로 꽉 막혀 있었다. 그런데 그때부터 말 몇마디 하는 것도 몇 번이나 끊어서 말을 해야 했고, 물 한모금 마시는 것도 몇 번을 나눠 마셔야 했다. 충격적인 건말을 하고 물을 마시는 순간에도 코로 숨을 쉬어줘야 그게 원활하다는 거였다. 그동안은 전혀 알지 못했던 사실이었다. 한쪽 코를 아예 막아놓고 보니 입을 열 때마다 숨이 차고 통증이 와서 어떤 것도 쉽지 않았다. 병원밥을 먹는 것조차 너무 힘들었다. 밥을 국에 말아 몇 술 떠넘기는 것조차 안간힘을 써야 했다. 담배를 못 피운 지 8시간이지났지만 담배 생각은 전혀 나지 않았다. 이참에 끊을 수도 있을 것 같았다. 숨도 잘 못 쉬는 상황이 오자 먹고 마시는 것과 그 외의 것들 단 하나도 하고 싶지 않았다. 좀 쉬겠다고 엄마를 보내고 1인실 병실에 혼자 있는데 내 숨소리밖에 들리지 않았다. 한쪽으로 돌아누우려고 하면 코가 찢어질 것 같아서 정자세로 가만히 있어야 했다. 그렇게 수술 후 첫날밤이 지나갔다.

뭘 먹을 때마다 입으로 계속 숨을 쉬어야 했기에 먹다가 숨 막혀 죽을 것 같고 코가 막혀서 그런지 아무 맛도 나지 않았다. '사람이 코로 숨을 쉰다는 게 이렇게나 중요한 거구나' 싶은 생각만 매 순간 찾아왔다. 입원해 있는 동안 엔 그저 숨을 쉬는 것에만 집중했다. 그러다 퇴원하기 직 전에 코를 막고 있던 압축 솜을 뽑는 순간, 그간의 답답함 이 뻥 뚫리면서 세상이 달라 보였다. 내가 이렇게 숨을 잘 쉬는 사람이라는 것도 알게 되었다. 이제야 좀 살 것 같았 다. 병원을 나서서 집에 올 때까지도 미세한 출혈은 계속 있었다. 하지만 숨을 쉬는 데에는 아무 지장이 없다는 게, 수술 전과 같은 통증에서 벗어났다는 게 마치 새로 태어 난 것 같은 느낌까지 주었다.

지금까지 나는 몸 상태가 좋지 않을 때마다 그저 별거 아닐 거라고, 이러다 말 거라고 가볍게만 생각했다. 익숙 한 통증을 키워 수술까지 하고 나서야 내 몸이 제일 소중 하다는 것을 늦게나마 깨달았다. 그전까지는 나와 내 몸 을 항상 맨 뒤로 미뤄두고 내 상태를 제때 알아차리는 것 에 무뎠다는 걸 실감했다. 미련하게도 넘어지고 피가 나 야 다쳤다는 걸 알았다. 심하게 아파야 '아프다…' 하고 약 을 먹었다. 답답함이 쌓여 한숨만 쉬고 있을 때도 몰랐다. 내게 다가온 모든 것들을 정상적으로 받아들이고 제대로 숨을 쉬는 건 아니었다는 것을. 아프면 바로 약을 먹고 병 원을 가고 몸에 좋은 것을 챙겨 먹는 사람들을 보면, 정말 스스로에게 부지런하다는 생각이 든다. 반대로 나는 나를 위하거나 챙기는 것에 게을렀다. 다른 사람도 아니고 나 자신에게 정작 아무런 관심이 없었던 것이다. 어쩌면 이 모든 게 그때마다 나를 알아보지 못한 결과인 셈이다. 손 끝을 베이면 바로 소독하고 연고를 바르거나 일회용 반창고를 붙이면서도, 속에서 이미 난리가 난 것들은 겉으로 드러나지 않는다는 이유로 일일이 들여다보지 않으면서 말이다. 나를 못 본 척 지나침으로 인해 내가 아팠다는 것을 뼈저리게 느끼고 나서야 나에게 집중하게 되는 현실이 착잡하기만 하다. 언제라도 다시 아플 수 있고 다칠 수 있는 나를 스스로 돌보며 지켜간다는 건, 생각처럼 쉬운 건 아니지만 이제는 그냥 쉽게 생각하려 한다.

아프면 병원에 갈 거라고. 통증을 참는 것에 익숙해지지 않을 거라고. 돈 몇 푼 벌려고 무리하다가 아픈 걸 낫게 하기 위해 더 큰돈을 쓰지 않을 거라고. 당장 쓰러지지 않는다고 해서 아무것도 아닌 거라 여기지 않을 거라고. 내가 아프지 않도록 나를 조금 더 살뜰히 보살필 거라고.

내 목소리를
낸다는 것

7년째 콜센터에서 일하는 친구 P와 경리업무를 보는 친구 J. 프리랜서로 일하며 작가들의 원고를 교정해주는 친구 L. 이렇게 셋을 만나 저녁을 먹은 날이었다. 사람들과 연락하는 방법으로 P와 J는 카톡을 선호하고, L은 통화를 선호한다. 이유는 일종의 '직업병' 때문이다.

통화가 잦은 두 친구와 활자에 파묻혀 일하는 L은 다른 사람들과도 그렇게 연락하는 게 일의 연장선 같다고 한다. 세 친구의 이야기를 듣다 보면 그 심정이 충분히 이해가 된다. 그날은 P의 목이 쉬었다. 평소에 자기 목소리가 아닌 업무용 톤으로 일을 하는 탓에 본연의 목소리가 닫힌 것이다. J 역시 친구들과 잘 이야기하다가도 업무 관련 전화가 오면 톤이 조금 더 높아지거나 상냥해지기도 했다. L은 모든 대화방의 알림을 꺼둔 지 오래라고 했고, 핸드폰은 벨소리로 해두고 가방에 넣어버렸다.

이야기를 하던 중 P가 "내 목소리가 원래 그런 게 아니니까 목이 자주 아프다"라고 말하자 J도 거들었다. "내가 아빠 전화를 이렇게 받으면 아빠가 엄청 좋아할 텐데" L은 "그냥 하는 말인데도 맞춤법이나 띄어쓰기부터 보이니까 글자로 연락하는 건 너무 피곤해."

'그렇겠다…' 생각하고 있는데 친구들이 나에게 넌 그런 거 없냐고 물었다. 친구들만큼의 고충은 아니겠지만 "나도 뭐. 책은 안 읽어"라고 말했다. 친구들은 다들 그런 것 같다며 다른 화제로 돌려 이야기를 이어갔다. 그런데 문득 그런 생각이 드는 것이다. '우리 모두 어쩌면 각자 하는 일 때문에 자신의 목소리를 내지 못하는 건 아닐까.'

만들어진 업무용 목소리 탓에 하루 중, 본연의 목소리로 말을 하는 시간이 적은 P처럼. 거래처 전화와 상사들의 잦은 물음에 대답하기 바빠 다른 사람에게 뭐든 굳이 먼저 묻지 않는 J처럼. 글을 다듬는 일을 하지만 지인들의 메시지 속 틀린 맞춤법이나 띄어쓰기를 보고도 그냥 지나쳐야 하는 L처럼. 글을 쓰지만 비슷한 이야기나 같은 것을 다루게 될까 봐 책을 거의 읽지 않는 나처럼 말이다.

그런 생각이 들자 불현듯 쓸쓸함이 맴돌았다. 비단 이런 경우뿐일까. 예전에 패스트푸드점에서 아르바이트를 했던 친구는 그 브랜드의 햄버거를 먹지 않았고, 방학 때 편의점 물류센터에서 잠깐 일했던 친구는 그 편의점을 가지 않았다. TV프로그램에 출연한 셰프 중 한 사람은 집에서는 요리를 하지 않는다고 한다. 이처럼 평소에 늘 하던 것을 또 아예 하지 않는다는 게 애석하게 느껴졌다.

하지만 어쩌면 그래야 할 것이다. 일이 끝나면 몸만 퇴근하는 게 아니라 심적, 정신적으로도 퇴근해야 한다. 일하고 싶어서 하는 사람이 세상에 몇이나 되겠냐마는. 일은 하고 있으면서도 하기 싫을 때가 많다. 나의 일은 일이고, 내 생활은 생활이다. 그러니 이를 철저하게 분리해야 한다. 퇴근하는 그 순간부터 자유로워지는 기분을 느껴본 적 있기

때문에 출근도 하기 전에 퇴근하고 싶고, 평일 칼퇴근을
바라고, 휴일 다음날 출근은 언제나 하기 싫은 게 아닐까.

그뿐만일까. 내가 관계를 주도하는 것보다 타인에게
맞추는 게 더 익숙한 사람도 자기 목소리를 내지 못하는
것에 속하지는 않을까. 합의점을 찾기보단 애초에 합의할
사항 자체를 만들지 않으려는 사람도 있다. 음식을 시킬
때 상대방이 먹고 싶은 것, 혹은 그와 다른 것을 주문해 같
이 나눠 먹으려는 사람. 만날 시간을 정할 때 상대방이 편
한 시간 혹은 언제나라고 하는 사람. 원치 않는 다툼을 하
게 되면 크게 번질 것을 우려해 먼저 사과하는 사람. 이유
는 그게 편하니까. 어쩌면 나와 가까운 사람이 그럴 수도
있고, 내가 그럴 수도 있다. 이런 게 꼭 문제라고는 볼 수
없지만 내 목소리를 잃어간다는 건 슬픈 일이다. 나에게
도 생각이 있고, 마음이 있는데 자체적으로 음소거를 하
는 것과 다름없지 않나. 상대방에겐 까다롭지 않고 편한
사람이 될 수도 있겠지만, 그런 것들이 쌓이면 내가 상대
방을 이기적인 사람으로 만드는 데에 일조하지 않을까. 그
런 관계가 망가진다면 관계를 망친 사람은 과연 한 사람만
이 아닐 거란 생각도 든다.

목을 자주 쓰는 사람들이 목 관리를 할 때, 목소리를 부여잡는 것부터 하지 않고 목을 풀어주는 것부터 시작하는 것처럼 내 목소리를 낸다는 것은 그런 것이다. 목소리를 내야 할 땐 목이 잠기거나 목소리가 가라앉지 않도록 하고 싶은 말들을 좀 풀어두는 연습부터 했으면 한다. 혼잣말은 아무도 듣지 않아도 되고 귓속말은 조용히 속삭여야 하지만, 내 목소리를 내야 할 곳에선 잡음이 아니라 하나의 울림으로 퍼져야 하니까.

점쟁이가 쏘아올린
작은 공

유독 힘든 한 해가 있었다. 뒤로 넘어져도 코가 깨질 것 같이 뭘 해도 안 되던 때였다. 그해의 중순 무렵, 여느 날처럼 친구를 만나 신세한탄을 하며 술을 마셨다. 그날 만난 친구는 평소에도 타로점을 자주 보러 다녔고 새해에도 남들은 해돋이 볼 때 점집에 신년운세를 보러 가곤 했다. 주로 연애운 위주였지만 미래를 점쳐보는 것에 관심이 많은 친구였다. 요즘 일이 잘 안 풀린다는 내 얘기를 듣던 친구는 잘 아는 용한 점집이 있다며 한 번 가보라는 말을 꺼냈다. 평소에 난 운세나 사주를 믿지 않는 편이었지만, 사람이 하도 안 풀리니까 순간 혹해서 귀가 쫑긋했다.

"진짜 잘 보는 집 맞아?"
"응. 그 집 장난 아니야."

친구가 눈을 반짝이며 말을 해도 나는 영 석연찮았다. 십 년 전쯤 새해에 신년운세를 보러 간 적이 있었는데, 그때 그 점쟁이 말이 맞았다면 난 지금쯤 결혼해서 애가 둘은 있어야 한다. 하지만 친구는 혼자 속을 끓이는 것보단 낫지 않겠냐며 내일이라도 당장 그곳에 가보자고 했다. 혼자 가기 정 그러면 같이 가주겠다며 미심쩍어하는 나를 계속 설득시켰다. 그에 못 이긴 나는 반신반의하며 다음 날 그 친구를 만나 용하다는 그 집으로 향했다. 사람이 돈 급하면 길거리에 굴러다니는 전단지를 보고도 전화를 건다고 내가 딱 그 짝이었다. 아무튼 번화가에서 안쪽 골목으로 들어서니 초록색 대문이 하나 있었다. 그 앞엔 순서를 기다리는 사람들이 줄을 서 있었다. '사람들이 이렇게까지 줄을 설 정도로 잘 보는 건가' 속으로 혼자 생각하며 친구와 대기석에 앉아 기다렸다. 드디어 우리 차례가 왔고 친구는 많이 와봐서 잘 안다는 듯이 앞장서서 먼저 들어갔다. 친구를 따라 들어간 곳에서 만난 사람은 화난 눈썹을 하고 부리부리한 눈을 가진 중년 여성이었다. 그곳의 화려하고도 낯선 분위기에 압도당한 나는 겨우 친구의 옆에 자리를 잡고 앉았다.

"얼굴에 근심이 가득하구먼. 속이 아주 답답해 죽겠어, 그렇지?"
"아, 예. 뭐…."

그 사람의 얼굴을 똑바로 쳐다보지도 못하고 나는 대충 얼버무렸다. 나를 훑어보던 그 사람에게 이름과 생년월일, 태어난 시간과 띠를 말하자 그 사람은 붓글씨를 쓰는 것처럼 큼직큼직하게 뭔가를 쭉쭉 써 내려갔다. 그러더니 나를 보며 올해는 뭘 해도 안 되고, 내년부터 서서히 운이 풀릴 거라고 했다. 친구도 모르는 지금까지의 나의 역사를 술술 읊어대며 "이랬지? 저랬지?" 하는 그 사람에게 나는 뭔가에 홀린 듯이 "아, 네. 맞아요"를 연발했다. 친구는 중간 중간 곁눈질로 나를 보며 '거봐, 내가 이 집 용하다고 했지?'라고 말하는 듯한 눈빛을 보냈다.

그 점쟁이는 내가 마흔부터는 뭘 해도 잘되고 돈을 쓸어 담기 귀찮을 정도로 많이 벌 것이며, 글자나 문서로 인한 운이 있다고 했다. 원래 범띠는 띠가 강한데 지금은 왕성하게 활동하기보다 때를 기다려야 하는 형국이라고 했다. 뭐 어쨌든 지금을 참고 견디면 좋은 날이 올 거란 말이겠지. 딱히 나쁜 말을 들은 건 아니었기에 그럭저럭 만족하고 자리에서 일어났다. 친구와 헤어지고 집으로 온 나는 엄마를 보자마자 오늘 낮에 점을 보러 갔었고 이런 이야기를 들었다는 말을 했다. 그런데 엄마도 나와 비슷한 이야기를 하는 게 아닌가.

"엄마도 예전에 네가 하도 정신 못 차리고 방황하길래 얘를 어쩌나 싶어 물어본 적이 있었어. 너는 집에 앉히려고 하면 안 되고 그냥 사방팔방 뛰어다니도록 가만히 내버려 두라고 하더라. 그러면 네가 알아서 잘하고 나중엔 되게 잘 산대. 그래서 내가 널 크게 간섭 안 하고 그냥 내버려 두는 거야. 알아서 잘하겠지 하고."

아니, 도대체 내가 뭘 해서 돈을 많이 벌고, 앞으로 어떻게 되길래 잘 산다는 걸까. 오후에도 한 번, 저녁에 또 한 번, 가슴속에서 쿵쾅거리는 움직임을 느꼈다. 그날 밤은 왼쪽으로 돌아눕고 오른쪽으로 다시 돌아누워 봐도 잠이 오지 않았다. 지금은 좀 힘들어도 이 시기가 지나면 잘 풀린다는 말에 설레기도 했다. 하지만 그럼 뭐 하나. 당장 내일 아침이면 난 또 체기가 내려가지 않은 것 같은 답답함을 직면하게 될 텐데….

　　그런데 점쟁이가 쏘아올린 작은 공으로 인해 나는 다음날부터 조금씩 달라지기 시작했다. 여전히 터널 속을 지나는 듯 깜깜하고 끝도 없었지만 '난 언젠가는 잘될 사람', '난 어차피 잘될 사람'이라는 막연한 자신감이 붙었다. 예전보다 조금 더 적극적으로 행동하고 긍정적으로 생각하게 됐다. 어제의 여파로 인한 기분 탓일 수도 있겠지만 풀릴 듯 안 풀릴 듯한 일들도 미세하게나마 나아지는 것 같았다. 사람들이 이래서 점을 보러 가고 부적을 사서 지니고 다니는 건가 싶었다. 근데 내가 점쟁이의 말만 믿고 아무것도 하지 않고 '이런들 어떠하리, 저런들 어떠하리' 하며 한량처럼 보냈다거나 매일을 성과 없이 탕진했다면 나아지기는커녕 더 나빠졌을 것이다. 아직도 그 점괘를 무조건적으로 신뢰하는 건 아니지만 뭐 그냥, 위로 한번 진하게 받은 셈 친다. 그런데 웃긴 건, 아직도 종종 버겁고 힘든 순간이 오면 가끔 이런 생각을 한다는 것이다.

　　'앞으로 마흔까지 몇 년 남았지?'

목격자

　소위 내가 잘나갈 때의 그 모습을 목격하고 분위기에
같이 취했던 근사한 사람들이 나의 어떤 시점까지 곁에
있었다. 그런 사람들은 내가 휘청거릴 때 '너답지 않게 왜
그러냐'는 식의 말을 했다. 그럴 때면 '나다운 게 뭐냐'고
되묻기도 했고, '나더러 어쩌라는 거냐'며 화를 내기도 했
다. 그러다 내가 스텝이 꼬여 이리저리 넘어지고 바닥을
향해 곤두박질치자, 그들은 나에게서 더 이상 얻을 게 없

다고 생각했던지 하나둘씩 자리를 떠났다. 그토록 사람 좋아하며 어울렸지만 정작 내가 힘들 땐 누구도 선뜻 도움의 손길을 내밀지 않았다. 나 역시 굶었으면 굶었지, 빌어먹고 살고 싶진 않았기에 상황은 점점 더 악화되었고 만감이 교차해 괴로웠다.

하지만 내가 잘나가든 아니든 상관없이 편하게 만나고 평범하게 지내던 오랜 친구들은 그대로 곁에 남아 있었다. 그 친구들은 앞에서 끌어주고 뒤에서 밀어주며 나의 어려움을 함께 해주었다. 얼마 후 내가 다시 잘됐을 때 나만큼 기뻐했고, 예전보다 밝아진 나를 보며 다행이라고 어깨를 토닥여주었다. 하필 내가 힘들 때를 목격한 적 있는 친구들이라 내가 또 그런 유혹에 빠지거나 돈 좀 벌었다고 지갑을 쉽게 열면 안 된다고 부모님처럼 잔소리하기도 했다. 지금을 유지하길 바라면서도 언제든지 다시 나빠질 수 있는 상황을 염려했다. 좋은 곳에서 술을 마시자고 불러내도 조촐하게 마시자고 나를 끌어당기기도 했다. 밖에서 비싼 밥만 사 먹다가 친구가 차려준 밥상을 받고 울컥해서 정신을 차리게 된 계기가 되기도 했다.

그래서 그 뒤로는 힘들 때 있어준 나의 오랜 사람들과 평화로운 인간관계만을 유지하며 지내게 되었다. 다방면으로 넓었던 인간관계가 축소됐지만 사는데 큰 지장은 없었다. 모두를 챙기지 못해 마음만 바빴던 것들이 점차 사라지면서 홀가분해지기까지 했다. 가면 갈수록 굳이 새로 누군가를 알고 지내고 싶단 생각은 옅어졌다. 살아보니 인생에서 꼭 많은 사람이 필요한 것도 아니었다. 나 힘들 때 나 몰라라 버리더니 또 잘됐다고 하니까 다시 찾아오는 사람들은 실제로 있었다. 하지만 나는 바보가 아니었다. 그 한 번의 강렬한 경험으로 다른 선상에 놓여있는 것들마저 정갈하게 정리한 다음이었다.

내가 한 번 추락하고 다시 비상한 하나의 사건에서 각자 다른 상황을 목격한 사람들. 내가 그런 일로 홀연히 자취를 감췄더라면 그들에게 난 일종의 미제 사건으로 남았을 것이다. 그 사람들은 내가 없는 자리에서 나에 대해 각자 다른 이야기를 한다. 그에 따라 나는 실패를 딛고 일어선 사람이 되었거나, 한땐 어울렸지만 이젠 소식조차 모르는 사람이 되어 있을 것이다. 분명한 건 내가 넘어지고 다시 일어설 때 모든 것을 봐온 나만이 나의 '유일한 목격자'라는 것이다. 나만 남겨두고 가버린 사람들이 아닌 내 곁에 남은 사람들이 나를 증명할 증인이 된 지금. 나의 시련은 그렇게 일단락되고 내사 종결되었지만, 나 혼자였다면 불가능했을 지금을 있게 한 내 사람들과 어제에서 오

늘이 너무도 멀게만 느껴지던 그때의 나를 절대 잊지 않
을 것이다. 어떤 계기로 사람이 어떻게 걸러지는지, 사람
을 어떻게 곁에 둬야 하는지 알게 됐으니까.

백색소음

사람과 의사소통이 되지 않고 잡음만이 가득했다. 즐겨듣던 노래도 자꾸만 뒤로 넘기고 있었다. 도시의 사람이 무서워 옷만 챙겨 서둘러 떠난 템플스테이에서도 목탁을 두드리는 소리가 천둥소리처럼 들렸다. 시계 초침 소리가 거슬려 건전지를 빼고 시계를 내린 어느 날의 새벽도 마찬가지였다. 혼자 있고 싶으면 나만의 시간을 방해하는 모든 소리를 없애버리는 날이 있었다. 그런데 어느 날엔 그게 너무 무서웠다. 아무것도 보이지 않고 어떠한 소리도 들리지 않는 공간은 눈과 귀를 멀게 할 것만 같았다. 내 몸은 촉각을 곤두세운 채 나름의 주파수로 바삐 움직였다. 점점 의식을 잃어가는 느낌만 들던 나의 모든 감각이 아직 살아 있음을 다급하게 알리는 듯했다.

사람의 숨소리와 웃음소리, 조용하던 창문을 두드리는 낮은 빗소리, 잠결에 뒤척이면 면 소재가 스치는 소리, 어디론가 떠나고 싶은 좋은 날씨, 계절마다 냄새가 다른 바람. 당장 바로 옆에 사람이 없는 순간에도 어떤 빛이나 소리는 나와 함께 있었다. 사람은 혼자 살 수 없다는 게 어쩌면 이런 이유에서일 것이다. 사랑하는 사람이 없어도 살수 있지만, 나를 둘러싼 것이 하나도 없다면 그건 내가 어디에도 있지 않기 때문이 아닐까.

피부에 닿고 마음으로 전해지는 것들, 살아 있는 모든 것은 온기가 있다. 그것들은 가끔 그렇게 나 혼자 있어도 외롭지 않게 해준다. 설령 울고 있어도 나를 감싸주는 것들이 마치 괜찮다고 다독여주는 것 같다. 울어도 된다고 말해주는 것 같다. 혼자가 아니라고 속삭이는 것 같다. 어떤 형체로도 나타나지 않는 작은 움직임들은 매일 나와 같이 하루를 살고 같이 잠든다. 내가 살아있다는 게, 많은

것들이 여전히 내 곁에 있다는 게 적잖은 위로가 된다. 내가 죽으면 나와 같이 떠날 것들은 그렇게 가끔 뜻 모를 세상 속에서 나의 친구가 된다.

생사가
다른 사람

🍵🍵🍵

　스물둘 9월에 첫사랑이 세상을 떠났고, 1년 뒤 친한 친구도 9월에 떠났다. 내 생일도 있었지만 내가 사랑했던 사람들의 기일도 있었던 그 2년 동안의 9월은 내가 태어난 날을 맘껏 축하받아도 고개가 떨궈졌고 미역국을 먹어도 기분은 빈속이었다. 그 후로 몇 년을 두 사람의 기일이면 그들이 잠들어 있는 곳으로 찾아가 다음 세상의 안부를 물었다. 비교적 먼 거리에 있어 차를 타고 왕복 8시간을 다녀

와야 했지만 그게 성가시진 않았다. 가서 보고 와야 그나마 마음이 숨을 쉬고 살았다. 하지만 그게 5년이 넘어갔을 무렵부터는 사람이 간사하다는 게, 시간이 지나면 괜찮아진다는 게 어떤 건지 느껴져 서글프기도 했다. 다녀오는 내내 울고 슬퍼하던 나는, 중간중간에 들르는 휴게소에서 커피를 사 마시거나 끼니를 해결했다. 그곳에서 집에 도착하기 전까지는 피곤함에 빠져 잠들기도 했다. 많은 말을 하고 오래 기도했던 나는 갈수록 말이 줄어들었고 "또 올게"라는 말만 남겨두고 발길을 돌리기도 했다.

지금도 가끔 두 사람과 좋았던 기억들이 떠올라도 나는 그때처럼 울지 않는다. 그저 한숨 쉬고 잠시나마 생각한다. 잊으려고 노력한 적은 없지만 매사 되새기며 살아가지 않는 나는 어쩌면 시간을 핑계로, 삶이 지속되는 것을 변명으로 두면서 조금씩 잊어가고 있는지도 모른다.

그런데 이 세상 어딘가에서 살아가고 있겠지만 내 기억 속엔 죽은 사람들이 많다. 이제는 생사조차 알 수 없는 사람들이 그렇다. 나 역시 지나간 많은 사람들의 기억 속엔 이미 죽은 사람일 것이다. 잠깐 곁을 스칠 뿐이었던 지난 연인과 싸우고 틀어져 남이 되어버린 사람들은 마치 내가 사는 세상 건너편 그 어딘가에 무연고로 남아 묻혀 있는 것 같다. 어쩌면 잊힌다는 건 그런 것일까. 서로 얼굴 보며 살다가 어느 날 잊힌다면 내가 없는 맞은편 기억에서 죽는 것.

　이곳에 없지만 살아 있는 내 기억 속에 가장 아름다운 사람들은 여전히 나와 함께 있고, 살아 있지만 볼 수도 만질 수도 없는 사람들은 이 세상에 없는 것과 다름없이 느껴질 때면 내가 가진 기억이 초라하거나 슬프지만은 않다. 아무도 없는 기억은 힘이 없고 누군가 기억해준다면 세상을 떠나도 죽지 않는다는 걸 느꼈다. 그러니 나도 모두의 기억 속에 남아 여기저기 떠돌기보다 한 사람의 기억 속에 언제든 떠올려도 아련한 그리움이고 싶다.

가면무도회

사랑하는 사람과 헤어진 다음날에도 어김없이 출근을 해야 했다. 회사 사람들을 대할 때 실연의 아픔을 내색할 수 없었던 게 내가 속한 현실이었다. 직장 상사에게 아침부터 불려가 혼이 난 날과 퇴근 후 친구를 만나면 웃어야 하는 날도 같은 날이었다. 걱정이 많은 날도 아무렇지 않게 다른 이야기를 하며 흘러가야 하는 게 매일이었다. 나는 때마다 적절한 가면을 교체해서 쓰고 그에 맞게 웃고 행동하는 게 익숙해진 사람이 된 것 같았다. 일할 때 작업복을 입고 먼지를 마시다가도 데이트가 있는 날이면 멀끔하게 차려입은 모습은 내 눈에 꽤나 만족스러웠지만 그건 나에게만 낯선 장면이기도 했다.

집으로 돌아와 샤워를 하고 왁스가 발려 있던 머리를 감으면, 수수한 차림으로 거실에 앉아 쉬고 있으면 그제서야 나 같기도 했다. 부모님께 값비싼 선물을 하고, 친구에게 거하게 술을 사고, 애인과 분위기 좋은 레스토랑에서 식사를 하지만 다음날 컵라면으로 속을 채우는 나는 어제의 나와는 사뭇 다른 모습이었다. 그래도 그게 꽤나 그럴듯해 보였다. 내가 사랑하는 사람들에겐 뭐든 아깝지 않다고 생각했다. 내가 나 아닌 다른 사람에게 기쁨과 행복이 될 수 있다면 때에 따라 초라해도 마음까지 가난해지진 않았으니 괜찮았다. 나에게 아끼고 남에게 더 쓰는 게 뭐 그리 좋은 거라고, 넉넉하진 않았지만 부족하지도 않았다는 것에 만족했는지도 모른다.

집 근처 편의점에서 모자를 푹 눌러쓰고 편하게 동네 친구를 만나 4캔에 만 원 하는 캔 맥주를 까먹을 때에도, 그렇게 볼 수 있는 사람이 있다는 것이 좋았을 뿐. 그게 가장 나답고 꾸밈없는 모습이라고는 생각하지 않았다. 어른이 되고 사회생활을 하며 나이를 먹다 보니 아주 웃어른들만큼 견문이 넓은 것도, 경험이 많은 것도 아니었지만 때때로 삶은 나를 그런 것에 가깝게 했다. 이십대 초반에 큰돈을 벌어오겠다며 캐리어 하나 끌고 집을 나설 때 엄마가 주머니에서 꺼내 쥐어준 몇 만 원처럼, 늦은 밤까지 일하고 돌아오는 내가 출출할까 봐 하나 남은 라면을 먹지 않고 남겨뒀던 룸메이트처럼, 나는 내 가슴을 저릿하게 했던 기억들로 내가 가진 모든 역사를 채웠다. 그래서 누군가에게 그런 모습은 보이고 싶지 않아 젊음을 밑천으로 벌어들인 돈으로 '철없음'에 과한 사치를 했는지도 모른다.

그러다 삶이 안정권에 들어섰을 무렵, 쟁여놓는 버릇이 생겼다. 냉장고와 찬장에 먹고 마실 것들과 강아지들 간식과 용품, 내가 좋아하는 술과 담배도 넉넉하게 사들였다. 친구를 만나면 '오늘은 네가 사라'는 말도 하게 됐고, 부모님께도 형편에 맞게 해드린 후 '다음엔 더 좋은 것을 해드리겠다'며 무리하지 않는 선에서 할 수 있는 것을 했다. 사람들을 만나 안 좋은 일이 있으면 안 좋은 일이 있었다고, 걱정이 있으면 이런 걱정이 있다고 털어놓게 됐다. 그제서야 나는 스스로 가장 나다운 모습을 만나게 됐다. 그동안 그럴듯해 보였던 나는, 사실 그렇지 않았다는 것을 솔직하게 말하고 그런 나를 내가 받아들이는 것. 그때야 나는 나에 대한 부담이 없어졌다.

돈과 사람, 마음도 귀한 것이지만 무엇보다 내가 가장 소중하다. 나를 속 끓이게 하던 것을 잠재우고 나니 넘쳐흐를 것도 속을 다 태울 것도 없었다. 씻고 세척하면 다음에도 깨끗한 상태로 뭐든 담아내고 받아낼 수 있는 내가 됐다.

그리고 알았다.

크고 좋은 것을 해주길 바랐던 게 아니라 그저 나와 함께하는 것과 내가 고심 끝에 골라 선물했을 그 마음을 고맙게 생각했고, 최선을 다하는 나를 최고로 여겼던 사람들은 여전히 곁에 남아 있었다는 것을. 모든 사람들에게 나는 그저 나여서 의미가 있었다는 것을. 내가 꼭 뭔가 대단한 사람이 되지 않아도 상관없었다는 것을. 어디든 내 모습 그대로 참석하고 어울리는 게 가장 자연스러운 나라는 것을.

삼겹살에
소주 한 잔

보름에 한 번 꼴로 나를 만나 삼겹살에 소주 마시는 걸 좋아하는 친구는 '나는 오늘만 산다'는 말을 입버릇처럼 하곤 했다. 술자리에서 어떤 고민을 털어놓아도 "어제는 지나갔고 내일은 모르겠고 오늘은 일단 마셔" 하며 건배를 권했다. 생각해보면 저 말 그대로 정말 그렇다. 그저 지금에 충실한 것. 고기가 타기 전에 먹고 술이 미지근해지기 전에 마시는 것. 그게 지금 이 자리에서 할 수 있는 전부일 테니까.

　후식으로 밥과 찌개까지 배부르게 먹고 나면 오늘 받은 스트레스가 누그러드는 것 같았다. 한 달에 두 번 만나고 1년에 스물네 번을 보는 사람이 있다는 건 서로의 마음까지 채워주는 든든함이었다. 서로가 어떤 삶을 살아도 편하게 만날 수 있는 사이. 중순에는 내가 사주고 월 말에는 친구가 사주면 금전적인 부담도 없는 사이. '빗소리가 고기 굽는 소리같이 들리지 않냐'며 만남을 재촉한 날 이후로 비 오는 날의 감성은 깨졌지만, 노래 가사처럼 '비가 오면 생각나는 그 사람' 마시는 술은 쓴맛이 나도 곰돌이 푸가 좋아하는 꿀단지 같은 친구. 집으로 돌아가려 택시를 잡을 때마다 친구가 했던 말.

　"야, 힘들면 언제든지 전화해. 내가 스테이크는 못 사줘도 삼겹살에 소주는 매일 사줄 수 있어!"

　산다는 게 내 마음 같지 않을 때면, 누군가와 마주 앉아 술잔을 기울이고 싶은 날이면, 나만 보면 웃고 돌아서 가는 길에도 내가 안 보일 때까지 손을 흔들어주던 그 친구가 보고 싶어진다.

독백

내가 받은 상처가 쌓여 마음의 짐이 되었다. 그래서 나 혼자 있어도 마음이 계속 무겁다. 힘든 일은 늘 새롭고 강렬하게 찾아온다. 나를 괴롭히는 잡생각은 죽지도 않는다. 하루를 겨우 버티는 힘든 호흡들이 흩어지면 뚜렷했던 내가 세상의 모서리에 닳아 점점 옅어졌다. 나를 잠시 스친 사람들은 시끄럽게 초인종만 눌러대다가 내가 별 반응이 없으면 옆집으로 걸음을 옮기는 잡상인 같았다. 정직하게 흘러가는 시간은 매번 다른 계절을 데려왔지만 옷차림만 달라질 뿐, 마음까지 달라지게 하거나 사라지게 하지는 못했다. 이토록 마음이 어디론가 흘러가지 못하고 꽉 막혔던 적이 없었는데 축 가라앉았거나 붕 떠 있다. 좀처럼 중심을 잡기 힘들어서 비틀거린다. 점차 나를 불필요하게 소모하기 싫어지고 누군가에 맞춰 쓰는 게 꺼려진다. 사람에 소극적으로 변한 내가 아프다. 가슴에 너무 오래 멍이 들었나. 가슴 뛰는 벅찬 것들이 현저히 줄어드는 게 애석하다.

한 사람을 정리하면 겉으로는 평온하게 흘러갔다. 이후로는 달라지지 않는 것에 매달리지 않게 됐다. 달라질 수 있는 것을 더 눈여겨보았다. 겪어 보니 두 사람이 맞닿는다는 건 두 세계가 만나 하나의 세상으로 좁혀지는 일종의 충돌이었다. 이때 이해관계가 확실히 형성된다면 하나로 자연스럽게 흡수되지만, 한쪽에서만 이해관계를 원한다면 맞은편에서는 균열을 견디지 못하고 결국엔 부서졌다. 마음을 건넸더라도 다음으로 건너갈 수 없는 영역이 생긴 것이다. 제때 해소되지 않은 찌꺼기 같은 감정들이 쌓여 어느새 독이 되어 퍼졌다. 나를 위해주는 마음 없이 본인의 부피만 늘린 채로 나를 자꾸 작아지게 하고 답답하게 하는 사람은 내 인생에서 결정적으로 사람이 밀물처럼 들어왔다가 썰물처럼 빠져나가는 순간에 다 떠내려갔다.

때로 관계는 과학의 증명 같은 것이다. 둘 사이의 감정의 크기와 관련된 어떠한 현상을 두고 사실과 진실을 밝히려는 것이 아니라 '왜 그럴까', '왜 이렇게 된 걸까'와 같은 수많은 가설을 세우는 것. 둘 사이에 벌어지는 예외를 다 없앤 다음 내린 답을 서로로 하여금 진심으로 보이게 하는 것과 같이 느껴졌다. 관계에 대한 의무를 다하지 않고 권리만 누리려는 사람에게 나는 공짜로 주어지는 사은품 같았다. 나는 한 사람의 소모품이 아니라 세상 단 하나의 명품이지만 스스로에게 인지도가 낮아 나도 잊고 살았다. 나는 마치 운전에 서툴러서 어느 시점에서는 꼭 해야 하는 유턴과 차선 변경을 두려워했던 것과 같았다. 어긋나는 순간 나에게 오는 결정적인 신호를 많이도 놓쳤다.

내 사람들이 나를 이유로 돌아서지 않았으면 해서 나 역시도 떠나지 못했다. 그렇게 못 이긴 척 시작한 것이 많았고 결국 상대방의 수로 인해 지고야 말았다. 거절하지 못해 받아준 것에 부딪혀 여기 저기 멍이 들었다. 싸움이 될까 봐 그냥 넘어간 것을 뛰어 넘지 못한 나는, 되려 내 기대에 걸려 넘어졌다. 자꾸만 '왜'라는 물음을 던지게 하는 것들 때문에 외로웠다. 내가 상대방을 생각하는 만큼, 상대방도 나를 생각해주는 그런 윤택한 관계를 맺고 싶다. 오른쪽 가슴은 따뜻한데 왼쪽 가슴은 시리다. 지나가

는 바람이 말을 건다. 담요로 꽁꽁 싸매고 있어도 마음이
춥다. 늘 누군가를 먼저 품어주기 바쁜 내 마음의 등이 이
젠 따뜻해졌으면 좋겠다.

머피의 법칙

바쁠 때 확 몰려오고 한가할 땐 다 빠져나갔다. 돈과 일이 그랬다. 첫 책 원고 작업에 갓 들어갔을 무렵 갑자기 회사가 미친 듯이 바빴다. 때마침 부산에 갈 일이 있으니 얼굴 보자는 지인들도 하루건너 하루 꼴로 내려왔다. 일과를 마치고 집으로 돌아오면 빨라야 10시였다. 친구라도 만나는 날이면 12시를 넘겨야 했다. 새벽 서너 시까지 원고를 들여다보다 두어 시간 잠깐 눈을 붙이고 다시 출근을 해야 했다. 그게 6개월 동안 이어졌다. 생활의 리듬이 깨지면서 누적되는 피로와 부족한 잠에 정신이 피폐해졌다. 이대로 가다간 이도 저도 안 될 것 같아 회사일과 원고 작업을 핑계로 모든 사람을 등지고 살았다. 돈을 쓸 시간조차 없었기에 통장 잔고는 수직으로 쌓여갔다. 하지만 마감을 끝낸 다음날부터는 거짓말처럼 회사도 느슨해졌다. 친구들과 송년회를 하는 자리에서 지금의 한가함이 그때 있었더라면 많은 게 달라졌을 거라며 아쉬워했다.

책이나 일처럼 당장 내가 해야 하는 것만 1+1로 오는 건 아니었다. 사람도 마찬가지였다. 혼자 지내고 싶을 땐 갑자기 사람들이 우르르 몰려와 정신 사납고 속 시끄러웠다. 누구라도 만나 연애라도 하고 싶을 땐 인적 드문 시골의 버스 정류장처럼 정말 너무도 고요해 사람 그림자도 보기 힘들었다. 나만 이런 건지 누구나 다 그런 건지 모르겠지만 적당한 때라는 건 애초에 없었고 뭐든 몰아서 쳐내야 하는 게 매번 가혹하게 느껴졌다. 돈이 없을 땐 먹고 싶은 것과 사고 싶은 것은 왜 그리도 많은 것이며, 내가 좋아하는 브랜드는 왜 하필 그 시기에 세일을 하는 것일까. 수중에 돈이 많을 땐 딱히 사고 싶은 것도 먹고 싶은 것도 없어 허무하기까지 했다. 이쯤 되면 남의 인생을 잠깐 빌려 사는 것과 같다고 해도 과언이 아닐 것 같다.

내 상황과 누군가의 상황이 어긋날 때, 나와 누군가의 상황이 맞아도 다른 것들로 인해 우리가 미뤄질 때, 내가 머피인가 아니면 이건 나에게만 적용되는 비정상적인 일종의 법칙인가. 피하고 싶은 건 한 번도 비켜간 적 없이 치명타로 나를 때리고, 피할 수 없는 것들만 운명이랍시고 나를 찾아오는 게 애석하다. 하나가 좋으면 다른 것들 중 하나가 꼭 문제가 생기고, 나쁠 때 하나같이 다 안 좋은 방향으로 흘러가는 건 너무 불합리한 거 아닌가. 좋아도 혼자 좋고, 힘들어도 혼자만 힘든 것. 왜 내 인생엔 가운데와 중간이 없는 걸까.

상승세를 타다가도 하락세를 염두에 둬야 하고, 잘 걷다가도 다리에 힘이 풀릴 수 있는 상황을 대비해 보폭을 줄여야 한다는 게 뭐 하나 제대로 마음 편히 누리지 못하게 한다. 좋아지려고 노력하는 게 아니라 나빠지지 않으려는 노력을 평생 동안 해야 하는 것 같다. 눈물겹도록 행복한 일들만 가득하진 않더라도 눈물 나는 슬픈 일들만 늘어서 있진 않았으면 좋겠다. 그래야 비 오는 날에도 비가 그치면 다시 해가 뜰 거라는 기대를 품고, 주저앉게 되는 일에도 다시 한 번 더 해보겠다는 굳은 의지로 스스로 일어설 수 있을 테니까.

나도 많이
변했구나

요즘은 정말 하루하루가 몸이 받아들이는 게 다르다는 걸 느낀다. 이십대 초반엔 밤을 새도 끄떡없던 것들이 요즘은 조금만 늦게 잠들고 조금 덜 자면 물에 젖었던 종이가 다시 말랐을 때의 모습처럼 부풀어 있고 뻣뻣한 것 같은 모양새다. 적어도 나는 안 그럴 줄 알았던 것들이 어느새 내가 먹은 나이의 수만큼 많아졌다. 내가 아이돌 가수를 줄줄 꿰고 있었던 때는 '소녀시대'에서 끝났다. 엄마는 가끔 가요프로를 보면서 요즘 애들은 하나도 모르겠다는 나를 보며 "너도 나이를 먹는구나" 하셨다. 유행에 둔감해지고 나보다 어린 친구들을 '요즘 애들'이라 부를 때면 나조차 놀라곤 한다.

그렇게 언제부턴가 사람 많고 시끄러운 번화가보단 조용하고 한적한 곳을 찾게 됐다. 신나는 노래보다 잔잔한 노래들만 찾아 듣는다. 예전엔 3차, 4차까지 달리며 체력을 소진하던 술자리도 이젠 2차만 가도 눈꺼풀이 무거워진다. 매달 즉흥적으로 사던 것을 끊고 한 번 살 때 좋은 것을 사서 오래 쓰거나 오래 입곤 한다. 스트레스를 풀겠다며 무리하던 체력도 쉬면서 회복하는 데에 다 쓴다. 하나둘 나이를 먹어가면서 부모님의 흰머리와 주름살이 더 눈에 들어온다. 연애를 하고 있거나 하지 않을 때라도 나는 내 일과 앞으로의 날들을 더 깊이 생각하게 된다.

사는 건 여전히 똑같지만 그 속에서 가끔씩 순수했던 어린 시절처럼 웃을 일이 생기니까 삶이 팍팍하지만은 않다. 다르게 보면 체념과 포기라고도 할 수 있겠지만 나를 재촉하거나 다그치지 않으면서 살다 보니 화가 날 일도, 서운할 일도 많이 없다. 조금이라도 더 채우려던 게 사라지고 하나씩 비우는 게 익숙해진 요즘이다. 미래의 나를 대비할 수 있으니 그저 그렇게 만족하기도 한다. 조용한 일상이 주는 평온함이 이런 것일까.

언젠가 부모님께 나는 '요즘처럼만 살았으면 좋겠어요'라는 말을 했다. 부모님은 내 이야기를 듣고 눈물이 핑 돌 것 같다고 하셨다. 그동안 네가 얼마나 알게 모르게 마음고생이 심했으면 이제 와서 그런 말을 하는 거냐며 그 어느 때보다 따스한 눈빛으로 나를 바라보셨다. 많은 시련을 지나 잠시 숨을 돌릴 틈이 생겼다는 것, '내가 그동안 얼마나 힘들었게요? 그래서 지금이 좋습니다'라고 말할 수 있다는 것. 그래도 나 그동안 참 잘해왔다고. 사람 눈에 보이지 않는 마음이 넘어지고 부서지며 참 많이 혼자 아프고 아물면서 여기까지 왔다고. 좋고 싫음과 편함과 불편함이 작은 여유에서 온다는 걸 알게 된 요즘, 예전보단 많이 달라지고 변한 내 모습이 딱히 실망스럽지 않다는 생각이 들 때 나에게 고맙다.

까딱 잘못하면 죽을 수도 있었고, 평생 걷지 못할 수도 있었지만 포기하지 않은 나를 이제라도 꼭 안아주고 싶다. 앞으로 더 많이 변하고 또 달라지겠지만, 아무쪼록 좋은 방향으로 갈 수 있도록 진정한 내 모습을 잃거나 포기하지 않을 것이다. 더 많은 걸 꿈꾸지 않더라도 잠들지 못하는 밤이 사라진 지금. 눈을 감으면 악몽이 없는 편안한 잠에 들고 싶다.

가능성을
열어두고

지금 하는 일에 대한 고민으로 며칠째 속을 끓였다. 그러다 내가 그동안 망설인 이유를 하나씩 들여다보았다. 시간을 질질 끌면 끌수록 득 될 게 없었는데 왜 당장 어떠한 결정도 내리지 못했는지에 대해서도 면밀히 뜯어보았다. 그 결과 어떤 일에 뒤따르는 위험부담을 감당할 자신이 없어 겁을 내고 있었고, 안 한다고 치면 당장 뾰족한 수가 없다는 중간 점검이 나왔다. 급할수록 돌아가라지만 사람이 정말 급하면 절대 돌아갈 수 없다는 걸 느끼던 중이었다. 화장실에 급한 볼일이 있는데 집에 와서 가방 내려놓고 옷 갈아입고 쉬다가 화장실을 마지막으로 가는 사람은 없는 것처럼 말이다. 다시 원점으로 돌아온 나에게 마지막이 될지도 모르는 시도는 갈 곳이 없었다. 고민을 너무 열심히 하느라 체력을 쓴 건지 출출해졌다. 밥 차려 먹긴 귀찮으니 '라면이나 하나 끓여 먹을까' 싶었다. 냄비에 물을 받고 끓기를 기다리는데 순간 예전에 엄마가 했던 말이 생각났다. '너는 라면은 참 잘 끓이는데 밥은 못하더라'

처음 그 말을 들었을 때는 '난 왜 밥을 못할까' 싶은 생각에 의기소침해지기도 했다. '물 조절이 실패의 원인일까'도 생각했지만 라면 물은 곧잘 맞추니까 그것도 아닌 것 같고… 어려웠다. 그런데 그 말을 뒤집어서 생각해보면 밥은 못해도 라면은 잘 끓인다는 것! 그 순간 나는 '그래, 맞아. 난 밥은 못하지만 라면은 잘 끓인단 말이지. 쌀을 안치고 나중에 죽도 밥도 안 되면 라면 끓여 먹으면 되잖아? 그게 싫으면 배달시켜 먹으면 되고, 어차피 한 끼먹을 건데…' 하는 생각에 사로잡혔다. 이대로 직진하거나 아니면 과감히 방향을 틀 용기도 생겼다. 다른 사람들이 다 밥 먹고 산다고 해서 굳이 내가 밥을 잘해야 할 이유는 없는 것 아닌가.

나는 군이 밥을 잘하고 싶은 생각도 없었다. 가끔 저녁을 준비할 때 밥솥을 열어보고 밥이 없으면 내가 몇 번 밥을 해본 게 다였다. 어떤 날은 고두밥이 되고 어떤 날은 진밥이 됐을 뿐이다. 그렇다고 그 밥을 다 버리거나 저녁을 안 먹은 것도 아니었다. 그저 그런 부분들이 조금 아쉬웠을 뿐… 고슬고슬하게 잘 지어진 밥을 다시 지어 내일 저녁에 부모님께 인정받아야 하는 것도 아니었다. 내가 지금 망설이는 일도 그와 같은 맥락이었다. 해보고 안 되면 포기하는 대신 다른 방법을 찾아 다시 시도하거나 그래도 안 되면 아예 처음부터 새로 시작하면 되는 문제였다.

밥은 못하지만 김치볶음밥은 잘하는 나와 악필이지만 글쓰기에는 약간의 소질이 있는 나에게는 부가적인 다른 가능성이 있다는 생각이 들었다. 라면은 잘 끓이지만 스파게티는 못한다면 라면은 집에서 끓여먹고 스파게티는 밖에 나가서 사 먹으면 그만인 일이다. 나는 '아니다' 싶은 것을 과감히 포기하는 것에 서툴 뿐이었다. 여러 가지를 손에 쥐고 있는 탓에 팔이 저리다고 통증을 호소하는 꼴이었다. 그런데 어려운 문제일수록 쉽고 간단하게 답이 나오는 경우가 많았다.

내가 잘하는 분야엔 경쟁자가 많고, 남들은 나보다 더

잘하는 것 같이 느껴질 때가 있을 것이다. 그런데 그건 내가 잘하는 것을 크게 생각하지 않는 나 혼자만 하는 생각이다. 나를 무능력한 사람으로 만드는 첫 번째 사람은 슬프게도 나 자신이다. 그러다 보면 하고 싶은 것도 없고, 할 수 있다는 생각보다 할 수 있을지에 대한 걱정부터 앞서고 그런다. 비록 이건 못하지만 다른 건 곧잘 해내는 내 모습이 분명히 있다. 밥은 못하지만 라면은 잘 끓이는 나처럼 말이다. 하고 싶었던 게 잘 안 되는 과정에서 좌절을 맛봤을 뿐이다. 그럴 땐 내가 잘하는 다른 것들을 높이 평가했으면 한다. 어떤 일이든 내가 해야 하고, 내가 있어야 한다면 그 일이 잘될 가능성의 8할은 내가 이룬 성과라는 걸 잊지 않았으면 좋겠다. 내가 못한 밥을 깨작깨작 떠먹는 모습이 아니라 너는 라면을 참 잘 끓인다며 내가 끓인 라면을 같이 먹어주던 사람의 모습을 기억에 남긴 나처럼 말이다.

　　나도 잘하는 게 있다는 나에 대한 확신은 당신에게 앞으로 나아갈 원동력과 든든한 밑천이 되어줄 거라는 것을 믿어 의심치 않는다.

마음의
준비

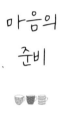

　좋지 않은 결말을 암시하는 듯한 도입부에서 마음의 준비를 하라고 하면 도대체 마음의 준비는 어떻게 해야 하는 걸까. 무언가를 현실적으로 떠나보낼 준비, 마음에서 내보낼 준비를 한다는 건 슬프기만 하다. "난 마음의 준비를 했어"라고 말하는 사람들은 어떻게 그런 과정을 이겨낸 걸까. 여태까지 품었던 걸 내려놓고, 기대를 접는다는 게 과연 수월할 수 있을까. 마음의 준비를 잘해서 잘 보내주면

후유증이 적을까. 마음의 준비라는 게 슬픈 소식을 듣고도 무덤덤한 척 연기하려는 연습이 아니라, 갑자기 찾아오는 기쁜 소식을 받아들이기 위한 심호흡 같은 거라면 좋겠다.

살면서 몇 번이나 마음의 준비를 해야 할 때가 있었다. 그럴 때면 못하겠다고 눈을 감고 울기만 했다. 그때마다 사람들은 나에게 어쩔 수 없다는 듯 하나같이 미안하다고 했다. 곧 그렇게 될 것 같은 분위기와 낌새만 어렴풋이 알아차려도 한겨울 칼바람을 맞는 것처럼 매섭기만 했다. 내 나름대로 마음의 준비를 했다고 하더라도 모든 과정은 나 혼자만 아는 것이고 결과는 정해져 있었다. 손바닥 뒤집듯이 뒤바뀌는 건 위태로운 내 마음뿐이었고 이미 벌어진 판은 미동이 없었다. 일말의 기대와 희망을 품다가도, 견디고 버티는 것에 힘이 풀려 쪼그려 앉게 됐다. 앉아 있는 것도 불편하고 누울 자리는 없을 때의 박탈감은 더욱더 나를 궁지로 내몰았다. 나는 그야말로 준비만 했던 거였고 변수는 항상 마지막에 보기 좋게 나를 비웃기도 했다.

새로운 사람을 받아들일 마음의 준비를 하며 이별을 극복하고 싶었다. 누군가 없이 살아가야 할 내일, 기댈 곳이 없어도 나는 온전했으면 했다. 하지만 여백을 마련할 여유가 없었다. 나는 늘 마음의 준비를 못 한 채로 사람을

만나 사랑에 성급했고, 또 누군가를 떠나보낼 마음의 준비를 못해 이별마다 울었다. 생각만 해도 아픈 마음의 준비는 아마 평생 제대로 하지 못할 것 같다. 사람 마음이 언제 어떻게 될지 몰라 항상 그 앞에서 대기하는 것도, 표를 끊고 순서를 기다리는 것도 언제가 되든 잘하지 못할 것 같다.

심야
드라이브

🍵🍵🍵

경주에 지진이 심하게 왔던 2016년 가을, 유독 겁이
많은 내 친구는 이럴 때 집에 있으면 자다가 그대로 쥐포
가 되는 수가 있다며 아침부터 유난을 떨었다. 경주와 비
교적 가까운 부산에서도 지진을 감지할 수 있었던 터라
친구의 불안은 극에 달한 듯했다. 그날 퇴근시간이 다가
왔을 때 친구는 우리 회사 근처에 와있다며 칼퇴근을 재
촉했다. 친구를 만나 차에 타자마자 친구는 어디로든 계

속해서 달려야 한다고 속도를 냈다. 그래야 이 지진에서 가장 안전한 곳을 찾을 수 있다며 핸들을 돌렸다. '이게 이럴 일인가' 싶었지만 평소 친구가 갖고 있던 안전 민감증을 알고 있었기에 그저 드라이브나 한다는 생각으로 군말 않고 라디오를 틀었다. 57분 교통방송이 끝나고 퇴근길에 들으면 위로가 될 법한 노래도 흘러나왔다.

그 와중에도 친구는 "이참에 서울에 가서 살까 생각 중이다. 지리산 쪽이 가장 안전하다고 하더라. 부산은 다 좋은데 매년 여름이면 태풍 영향권이니까 너무 싫다"며 여러 가지 이유를 들어 불안해했다. 오늘 밤은 도저히 집에서 잠을 잘 수 없을 것 같아서 두툼한 패딩과 담요도 챙겨 왔다고 했다. 친구는 지나치게 초조해했고 나는 그에 반해 한량처럼 느긋해했다. 얼마쯤 지났을까. 강변 쪽에 차를 세우고 친구는 뒷좌석에서 캔 맥주 두 개와 치즈를 꺼냈다. 선루프를 열고 헤드라이트는 켜두었다. 때마침 라디오에서는 재즈가 흘러나왔고 우리는 나란히 앉아 캔 맥주를 마셨다. 맥주도 술이라고 홀짝홀짝 마시다 보니 친구는 아까와는 달리 조금 진정된 것 같았다. 그러면서 이런저런 이야기를 나누게 됐다.

요즘 들어 따로 걱정하는 일은 없는지, 회사 일은 여전히 바쁜지, 그때 헤어진 사람과는 아예 연락을 끊고 사는지, 어디 아픈 데는 없는지. 그러다 보니 지진 때문에 도망치듯 시작된 이 드라이브는 깊어가는 가을밤, 잔잔한 음악과 함께 색다른 낭만을 안겨주었다. 차분해진 친구도 스스로 과민반응을 보였다 싶었던지 침착하게 이런저런 이야기를 들려주었다. 차 시트를 뒤로 젖히고 두 손으로 머리를 받친 채로 반쯤 드러누워 있자니 하루의 피곤함이 고스란히 몰려왔다. 저녁을 아직 못 먹은 탓에 친구도 나도 배에서 꼬르륵 소리가 났다. 그러자 친구는 근처에서 국밥이나 먹자며 자세를 고쳐 앉았다. 그러다 맥주 한 캔이라도 음주운전은 안 된다고 대리기사를 불렀다. 평소에도 택시를 타면 택시 기사와 이런저런 이야기를 잘 나누는 친구는 대리기사와도 이번 경주 지진에 대해 걱정했다. 뒷좌석에 앉은 나는 고개를 저으며 창밖을 볼 뿐이었다. 도착한 국밥집에서 늦은 저녁을 먹는데 친구도 나도 오늘 이게 다 무슨 일이냐며 서로를 보며 웃었다. 소주를 한 병씩 더 마신 후 계산하고 가게를 나오는데 차를 빼오겠다는 친구가 주차요금을 정산하는 곳에서 뭐라 뭐라 이야기를 하고 있는 게 보였다. 설마 했는데 친구는 아침까지 이곳에 차를 주차할 요량으로 주차비를 미리 결제하고 나에게 어서 오라는 손짓을 했다. 집에서 도저히 못 자겠다더니 국밥집 주차장에 차를 대놓고 자고 갈 생각인 것 같았다.

나는 지금이라도 택시를 타고 가 잠은 집에서 자고 싶었다. 하지만 당장이라도 울 것 같은 눈을 하고 있는 친구를 외면하지 못했고, 결국 하는 수 없이 다시 친구 차를 탔다.

순간 '이렇게까지 해야 하나. 어제와 똑같은 옷을 입고 출근하면 외박을 한 티가 날 텐데 어떡하지' 별의별 생각이 다 들었다. 친구는 패딩을 껴입고 나에겐 담요를 내어주었다. 히터를 틀고 창문은 손가락 한 마디 정도 열어두었다. 친구는 언제라도 지진을 감지하면 바로 시동 걸고 출발할 거라며 내게 걱정하지 말라고 했다. 누가 누굴 걱정하는 건지. 한숨이 절로 나오는 어처구니가 없는 상황이었지만, 친구가 조금이라도 안심할 수 있다면 하루쯤은 이렇게 친구와 함께 밤을 보내는 것도 나쁘지 않을 것 같았다. 아무래도 불편할 것 같고 깊이 잠들 수 없을 게 뻔했지만 그런 예상들이 무색할 만큼 적당히 취기가 오른 우리는 순식간에 곯아떨어졌다. 다음날, 사람들 말소리와 눈부신 햇살에 눈을 떴을 때의 시간은 아침 7시 30분. 예능 프로그램 〈1박 2일〉에서의 벌칙처럼 야외취침을 한 온몸은 찌뿌듯했고 삭신이 쑤셨다. 어젯밤에 우려했던 상황은 새벽 내내 일어나지 않았고 우린 여느 날과 다름없는 아침을 맞이했다.

친구에게 출근했다는 말과 함께 '오늘은 집에 가서 자라'는 메시지를 남겨두었다. 하지만 친구는 이틀을 더 그런 식으로 차에서 잠을 잤다고 했다. 언제쯤 이 친구의 안전 민감증이 무뎌질지 모르겠지만, 그날 밤에 나눈 이야기들과 그런 재난 상황에서도 혼자가 아니었다는 느낌은 지금 생각해도 웃음이 나는 하나의 해프닝으로 남아있다. 지금도 그때처럼 벌어지지 않은 일을 미리 걱정하는 친구를 보면 이렇게 말하곤 한다.

네가 걱정하는 일은 일어나지 않을 거라고. 예전에도 안 그랬고, 앞으로도 그런 일은 없을 거라고. 그리고 그런 일이 일어나면 또 어떻냐고. 우리는 언제라도 이곳을 떠날 수 있는데. 우리는 혼자가 아닌데.

—

3부

세상은
넓은 숲,
나는
외로운 나무

일부러
걷고 싶은 날

모처럼 쉬는 날이었다. 낮에는 직장동료를 만나 커피를 마시고 저녁엔 작가 친구를 만나 술을 마셨다. 늦은 밤 집으로 돌아오는데 문득, 만나는 사람에 따라 할 수 있는 이야기가 다르다는 생각이 들었다. 어떻게 보면 그게 당연한 거겠지만, 그날은 사람을 둘이나 만났음에도 미처 다하지 못한 말이 남은 기분이었다. 평소 같으면 택시를 타고 집 앞에서 내렸겠지만 그날은 버스로 한 정거장 전에 내렸다. 조금 걷다가 들어가는 게 여러모로 나을 것 같았다. 때마침 밤공기도 요즘의 내 마음처럼 선선했다. 잊고 싶은 것과 잊을 수 없는 것들이 밤새 대치하는 요 며칠이었다. 그래서인지 이대로 집에 가고 싶지 않았다.

'나만 그런 건 아니겠지' 하는 생각으로 연거푸 나를 달랬다. 더 깊어지기 전에 이쯤에서 헤어지길 잘했다는 지인의 말을 듣는다고 해서 내가 이별을 후회하지 않는 건 아닌 것처럼, 지금 내가 처해 있는 상황보다 더 힘들다는 친구의 말을 듣는다고 해서 내가 힘든 게 나아지진 않는 것처럼, 나는 지독한 슬럼프의 중심에 있었다. 그래서 평소엔 잘 하지 않는 '걷기'를 택했다. 나에겐 나 혼자만의 시간이 필요했다. 걸어가는 동안 불 꺼진 상점들, 외로이 거리를 지키는 가로수들, 인기척이 느껴지면 달아나기 바쁜 길고양이들을 만났다. 집 앞에 도착해서도 공동현관 입구 앞을 서성일 뿐이었다. '조금 더 걷다가 들어갈까', '이젠 쉬고 싶은데…'와 같은 생각들이 동시에 내게 말을 걸어왔다. 시계를 보니 지금 자도 몇 시간 못 자고 눈 떠야 할 아침이 코앞에 와 있었다. 지친 몸을 이끌고 집으로 돌아와 외투를 걸어두고 침대에 몸을 던졌다. 그대로 잠들고 다시 아침. 어제와 같은 생각뿐이다. 피곤한 것도 개운한 것도 아니다. 다시 또 그렇게 하루를 산다. 버티고 견딘다기보다 그냥 그렇게 사는 게 익숙해졌다.

누군가 내게 무슨 일 있냐고 물어본다면 그럴 만한 이유가 있었을 텐데. 그저 아무 일 없다고 하면 그 말을 그대로 믿을 거라고 생각했나 보다. 마음의 벽이 성을 쌓을 때까지 무엇을 외면하고 어디에서 돌아섰을까. 하도 오래된 일인 것만 같아 애써 떠올려도 단 하나도 선명한 게 없다. 사람 사는 거 다 똑같은 거고, 누구나 아픔이 있다는 말만 되새기며 그냥 그런 사람으로 산다. 일부러 걷고, 일부러 취해도 사는 건 다 그런 거라니까… 나만 그런 건 아니라니까. 그런데 가끔은 궁금하다. 이러다보면 정말 괜찮아지는 날이 오기는 하는지, 다른 사람들은 괜찮지 않은 날엔 어떤 모습으로 사는지.

동명이인

나는 한 사람인데 모든 사람에게 다른 의미를 가진다. 부모님에겐 자식이, 사랑하는 애인에겐 연인이, 친구에겐 친구가 된다. 실제로는 이보다 더 많은 관계를 맺고 살아간다. 그래서 때로는 그런 내 모습이 버거울 때도 있다. 나는 나인데 '과연 나로서 온전히 존재하는 순간은 얼마나 될까' 생각하게 된다. 그런 이유로 나를 사랑하는 것에 서툴거나 방법을 모르겠다는 사람들의 고민도 많이 들었다.

내가 이래라저래라 한들 상대방이 내린 결론과 나의 요점은 어긋날 수밖에 없었다. 고민 상담은 누군가가 하라는 대로 하기 위해 요청하는 게 아니라 다방면으로 방안을 모색하려는 한 개인의 노력이기 때문이다. 나는 나를 겪어본 적이 없으니 정확히 내가 어떤 사람이라는 것에 대한 정의를 내리는 게 어렵게만 느껴진다. 그저 내가 확실히 알고 있는 건 내가 좋아하는 것과 싫어하는 것이 전부일지도 모른다. 내 성격에 대해 단언할 수도 없고 나는 알게 모르게 변해왔으니 말이다.

누군가와 마주 앉아 그 사람의 얼굴만 보고 있으면 주위의 다른 것들이 흐릿해지고, 한 사람에게 물심양면 퍼붓다 보면 다른 사람과의 밭엔 가뭄이 찾아오기도 한다. 하나를 하려면 다른 것을 하지 않아야 한다거나 뭔가를 얻으면 뭔가를 잃는 경우도 종종 있다. 판단에 따라 선택이 달라지므로 예상치 못한 결과를 초래해 스스로를 힘들게 할 때도 있다.

그렇게 가끔 내 인생의 한가운데에서 가만히 서 있는 채로 방황할 때가 있다. 주체인 내가 흔들리고 내 입지가 나에게서 좁아지는 걸 직면하는 순간이 온다. 그럴 때면 인생 헛산 것 같은 기분마저 든다. 크게 힘든 일이 없어도 나를 둘러싼 모든 것들이 나를 짓눌러 어깨가 축 늘어지는 날은 유독 피곤하다. 그렇게까지 하지 않아도 됐는데 너무 애쓰고 산 것 같을 때가 특히 그렇다. 어디서 뭘 해도 가슴이 허한 구간을 지나갈 때면 헛헛한 마음을 채우려 억지로 밥숟가락을 입에 밀어 넣기도 했다.

하지만 누군가가 오직 나에게만, 오직 나를 위해 존재한다는 걸 새삼 느끼게 되는 날이면 불현듯 세상 모든 것에 감사해지기도 한다. 그럴 때면 나로 태어나길 잘했다는 생각도 든다. 누군가 나에게 해주듯 나도 누군가에게 그런 사람으로 남아 살아갈 수 있다면 그것도 하나의 축복일 테니까.

내가 할 수 있는 건 나의 존재를 부정하지 않는 것이다. 내 삶을 후회하거나 조금 더 좋은 쪽으로 달라지는 게 더디더라도 여기서 더 나빠지지 않도록 평정심을 유지하는 것. 억지로 숨을 참거나 거친 숨을 몰아쉬지 않고 나만의 호흡으로 숨을 쉬는 것. 내 이름 석 자에 부끄럽지 않게 살아가는 것. 다양한 얼굴로 살아가는 내가 울지 않도록 힘들 때면 사람에 기대고 곁을 내어주는 여백을 갖는 것. 나는 언제나 나의 편, 언제까지나 나와 함께할 나를 의심하거나 미워하지 않을 것. 그뿐이다.

빈속을
채운다는 것

생각이 많은 만큼 입맛이 없었다. 피부가 말라비틀어진 빵처럼 푸석푸석하게 느껴지고 제대로 먹은 게 없으니 온몸에 힘이 쫙 빠졌다. '이러다 쓰러지겠다' 싶어 배달 어플을 통해 당장 다 먹지도 못할 것들을 종류별로 시켰다. 잠시 후 집으로 도착한 음식들을 가득 차려놓고 먹는데 얼마 먹지도 못하고 젓가락을 내려놔야 했다. 빈속에 급하게 들어간 걸 받아내기엔 속사정이 여의치 않았던 탓이었다. 뭔가에 홀린 것처럼 잔뜩 시킨 음식들을 보고 평소답지 않게 식탐을 부린 걸 보니 '내 몸이 나에게 화가 난 건가' 싶었다. 며칠이 지나도 남은 음식들은 처치 곤란이었다. 결국 난 아깝지만 전부다 갖다 버려야 했다. 생각해보니 평소보다 술이 빨리 취한 날에도 하루 종일 빈속이었다. 이래서 빈속에 뭔가 급하게 먹는 건 안 좋은 게 확실하다.

비단, 먹고 마시는 것만 그런 건 아니었다. 한동안 혼자 지내다가 한순간 누군가에게 호감이 생겼을 때에도 그랬다. 조용하던 내 일상이 들썩였고, 누구도 남아 있지 않은 텅 빈 마음은 때마침 누군가 들어오기에 딱 좋은 입지 조건인 것 같았다. '망설이면 달아날까' 하는 생각에 누군가를 급히 담기에 바빴다. 그래서인지 그 사람이 차오르는 속도는 누구보다 빠르게 느껴지기도 했다. 그러면 머지않아 체할 수도 있다는 것을 알면서도 그랬다. 겉으로 보이지 않지만 더부룩한 속이 주는 느낌이 좋은 적이 없었듯, 그런 식으로 성급하게 맺은 관계는 금방 달아올랐다가 곧장 식어버릴 때가 많았다.

밥 먹기 전에 물을 마시는 것, 메인 안주에 술을 마시기 전, 밑반찬으로 간단하게 속을 채워두는 것, 호감이 있어도 바로 사귀지 않고 일정 시간을 두고 서로를 알아가는 것들은 텅 빈 속을 채워줄 무언가로 인해 무리하거나 부담이 가지 않도록 하려는 최소한의 대비일 것이다. 물에 들어가기 전에 준비 운동을 하는 것과 100m 달리기에서 전력 질주를 하기 전, 시작 전에 가볍게 몸을 풀어주는 것처럼 준비과정이 시작과 진행보다 더 중요할 때도 있다. 괜히 마음만 급해 서두르다 보면 일을 그르치거나 마침내 내게 온 것들을 오히려 내쫓는 격이 될 수도 있으니 말이다.

빈속을 미리 조금만 채워두면 맛있는 음식을 덜먹고 버리는 일은 없을 것 같다. 내 마음에 잔디를 좀 깔아두면 내 마음에 살 사람이 조금 더 편하게 머물지 않을까. 그러면 서로의 좋은 모습들을 천천히 하나씩 발견하며 오래 볼 수 있을 것 같다. 이러한 준비과정들은 내가 외부 자극으로부터 손상되지 않게 할 것이고, 내 사람을 불편하지 않게 할 거니까. 나를 위해, 나의 누군가를 위해 내가 미리 준비해 둘 수 있는 최소한을 갖고 있었으면 한다. 너무 가득 쌓아두기만 하거나 아예 텅 비워두는 것은 지양하면서 서두르지 않고 느긋하게.

세상의
모든 이별

초등학교 때 단짝 친구가 전학을 갔고, 중학교 때 친구는 미국으로 이민을 갔다. 사회에 나온 후엔 직장 동료가 이직을 하거나 회사를 그만두기도 했다. 연인과 헤어지고 친구와 연을 끊는 것은 감당하기 힘들고 많이 슬펐지만, 생각해보면 있던 곳에서 졸업을 하고 새로운 곳으로 입학을 하듯 당연하게 받아들이고 새로 시작해온 것들이 더 많다.

만남이 있으면 헤어짐이 있었고, 헤어짐이 있으면 다른 만남이 꼭 있었다. 떠나야 한다면 떠나는 이유가 있었다. 달라지는 게 있다면 그걸 가능하게 한 계기가 있었다. 뭔가 한 번 겪었다는 건, 돈 주고도 못 살 값비싼 경험이기도 했다. 그게 때론 마음을 닫게끔 만들기도 했지만 모든 이별이 주는 교훈은 있었다. 눈물을 흘리지 않았다고 해서 슬프지 않은 건 아니었지만 무덤덤하게 받아들이며 한 단계씩 성장했다. 제 발로 들어와 앉은 한자리보다 사람이 빠져나간 곳의 빈자리가 더 큰 공간을 차지할 때도 있다는 걸 느끼면서.

같이 있던 곳을 떠난 사람이 기억 속에 온전하게 남아 있는 유효기간은 사람마다 달랐다. 후유증이란 것도 바로 직후에 찾아오기도 하고, 한참 지나 상대방은 이미 나를 다 잊은 다음에야 뒤늦게 찾아오기도 했다. 끙끙 앓고 드러누웠던 날들의 수도, 상처를 회복하는 속도도, 누군가와 단 하나도 닮을 수 없는 모든 사람들의 얼굴만큼 달랐다.

나를 둘러싼 모든 사람들은 제각기 다른 퍼센트의 지분을 갖고 있을 뿐이다. 그 퍼센트에 따라 이별을 미룰 수 있는 데까지 최대한 미루거나, 시간을 앞당겨 얼른 치르기도 한다. 이렇듯 당장 감당하기 힘든 이별에만 빠져 허우적대면 나만 지치고 앞으로의 사람들은 나와 더디게 닿을 것이다. 혹 하나 떼어낸 듯 후련하고 홀가분하다면 새로운 사람을 만나러 나서는 길에 발걸음도 가벼울 것이다. 사람은 매번 새로 오고 그만큼 사라진다. 나도 누군가에게서 사라졌기 때문에 다음번에 만날 사람에 가까워지는 게 아닐까. 인연이 다했다는 것에 너무 슬퍼하거나 너무 가볍게만 여기지 않는다면 머지않아 헤어지지 않아도 되는 사람들이 자연스레 곁을 채울 것이다. 돌이켜보면 이별이 슬픈 게 아니라 나만 슬펐던 거고, 이별이 아무렇지 않았던 게 아니라 단지 내가 아무렇지 않았던 날이 있었을 뿐이다. 그럴 때마다 난, 나와 내가 아는 모든 사람들이 외롭지 않은 마음에 사람을 만나고 뒤탈 없이 헤어지기를 바란다.

계절의 뒷배를
타는 사람들

　거리를 걸어가는 연인들을 보면 외모를 떠나 그 모습
이 예뻐 보인다. 예전에 그 누군가도 나와 지난 연인을 보
고 나와 같은 생각을 했을까. 이미 지난 일이지만 예전 기
억들이 마음속 깊은 곳에서 모래바람이 불듯 한순간 일
렁일 때가 있다. 요즘 어떻게 지내는지, 새로운 누군가를
사랑하고 있는지 가끔 생각나고 궁금하기도 하다. 하지만
그것마저도 그때는 사랑했지만 지금은 사랑하지 않는 내

마음처럼 소란스러웠다가 이내 다시 잠잠해진다. 방안에 혼자 앉아 있는데 어디선가 자꾸 바람이 새어 들어오는 것 같은, 이유를 모를 허전함이 곁에 맴돌 때가 있다. 그럴 때 돌이켜보면 계절이 바뀌어도 서로의 근황조차 모르는 지인들의 얼굴이 뇌리를 스쳐 지나간다. 가면 갈수록 봄, 가을이 짧아지는 요즘처럼 사람도 그런 식으로 짧게 왔다 가는 것 같다.

계절 타는 것 같은 기분이 들면 괜히 더 싱숭생숭하고 울적하기도 하다. 작년 가을에 헤어진 사람이 올가을에도 어김없이 생각났을 때, 문득 나는 계절의 뒷배를 탄 사람이 된 것 같았다. 이 계절엔 아무도 없는 것 같고 그저 나 혼자 외로이 노를 젓는 것처럼 적적했다. 누군가를 사랑했던 계절이 다시 돌아왔다는 이유로 예전 사람이 그리웠던 건 아니다. 나 아닌 다른 누군가를 사랑했던 계절을 다시 마주친 탓에 새 계절이 와도 나를 사랑하는 것엔 소극적으로 일관하고 있는 것이다. 어떻게 해야 할지 방법조차 모르고 있다. 그러는 동안 괜히 지난 것들이 아쉽기도 하다.

어쩌면 '이대로도 괜찮을까' 싶은 순간 내가 찾아가서 만난 것이 불안감이었다. '이래도 그만, 저래도 그만' 싶었을 때 나와 같이 살던 것이 무료함이었다. 내가 내 모습을 잃어갈 때 나를 덮친 것이 우울이었고, 내가 밀어내지 못해 휩쓸린 것이 상처였다. 이런 아픈 감정들이 내 곁에 가득했을 때 사람들이 나를 떠나거나 내가 그들을 떠나기도 했다. 누군가와 함께 했던 계절을 보내고 다시 같은 계절을 혼자 보낼 때 느낀 것이 외로움이었다.

올해의 이 계절은 내 인생에 한 번밖에 오지 않는데 과거에 그치지 못한 미련이 남았나 싶기도 하다. 예전보다 나아지고 좋아진 것들도 분명 있지만 '그래도 예전이 좋았다' 싶은 것들은 아직 그 신선도를 유지하고 있다. 피어나는 꽃을 보고, 더위를 식히고, 떨어지는 낙엽을 밟다가 첫눈을 맞이할 때, 누군가의 기척이나 온기가 없어도 두 번 다시 돌아오지 않는 계절을 있는 그대로 만끽하고 싶다. 계절마다 해가 짧아졌다 길어지는 시기도 다른데, 바보처럼 나만 한 번 보냈던 방식으로 다음 계절을 보내고 있는 건 아닐까. 작년엔 좋았었는데 올해는 이게 뭐냐며 속상해하기보다 '올해는 이래도 내년엔 꼭 어디론가 여행을 가야지' 하고 자꾸 뒤돌아보지 말아야겠다. 지금의 계절이 서운하지 않도록 가볍게 산책이라도 갈 생각이다. 다음 계절이 반가울 수 있도록 예쁜 옷도 미리 꺼내 둬야겠다.

갈증

어느 일요일 오후 모처럼 친구들을 만나 커피를 마신 날이었다. 조금 늦게 도착한 내가 자리에 앉았을 때, 룸메이트와 같이 사는 친구와 결혼한 지 이제 갓 1년이 넘은 친구가 누군가와 같이 한 공간에 산다는 건 쉬운 일이 아니라는 이야기를 하고 있었다. 같이 산다는 건 생활비의 부담이 반으로 줄기도 하고, 혼자라는 적적함보단 사람의 온기가 있지만 나만의 독립적인 공간과 내 시간이 없다는 것에 초점이 맞춰져 있었다. 그런데 그런 이유로 친구를 쫓아내거나 이혼을 할 수도 없지 않느냐며 친구들은 체념한 듯 말을 이어갔다. 혼자 사는 것과 누군가와 같이 사는 건 저마다의 장단점이 있다며 나도 대화에 동참했다.

나 혼자 살든 누군가와 같이 살든 그 어느 쪽도 100% 만족스럽진 않다. 서로가 일정 부분은 감수해야 한다. 비단 누군가와 같이 사는 것만 그런 건 아닐 것이다. 돈을 벌어야 하니까 일은 하지만 매일 아침 출근하기 싫다. 그렇다고 일을 안 하고 쉬게 되면 언젠가는 돈이 필요해서 또다시 일을 찾아 하게 된다. 연애도 마찬가지다. 이 사람이 좋아서 같이 있고 싶다가도 내 시간이 없다는 이유로 소홀해지기도 하고 헤어져 혼자 지내기도 한다. 그러다 다시 누군가와 함께하고 싶은 생각에 언제 그랬냐는 듯이 새로운 사람을 만나기도 한다. 산다는 건 이게 좋다가도 싫어지고, 싫다고 도망치다가도 다시 좋았던 것의 뒤를 쫓아가 붙잡으려는 것 같다. 지금과 반대의 상황에서는 그토록 꿈꿨던 장면이면서도 그게 현실이 되면 다시 처음의 상황이 그리워지는 것. 변덕스러운 나와 같이 살며 내 마음을 데워주는 사람도 때론 그럴 때가 있을 텐데. 본의 아니게 이기적으로 내 위주로만 생각하게 될 때, 당장 해소할 수 없는 갈증이 나는 게 아닐까.

목이 마를 때 물이 아닌 다른 것을 마시면 잠깐의 청량감과 시원함은 있겠지만 결국엔 다시 또 물을 찾게 되는 것처럼, 어쩌면 늘 원점의 근처를 맴도는 건 아닐까. 내가 어디에 중심을 두고 있느냐에 따라 우뚝 솟았다가 내려앉는 시소를 타는 것처럼 말이다. 당장 어떤 문제 때문에 이러지도 저러지도 못하는 게 아니라면, 혹시 지금 생활에 만족하기 때문에 그런 생각을 하는 게 아닐까. 다리 아프게 서 있다가도 오래 앉아있다 보면 눕고 싶어지는 것처럼 말이다. 따지고 보면 이대로도 괜찮은데 어떤 게 좀 아쉬워서 당장 그것만 크게 보이는 게 아닐까. 그런 이유로 이런 불편함을 느끼지 않았던 때가 생각나고 약간의 후회가 밀려오는 것 같다. 과연 이 모든 것을 다 접고 다시 나 혼자 살아도 괜찮을까. 내 마음을 들여다본다.

그런데 이런 말이 들리는 것이다.

'그냥, 요즘 나 혼자 좀 쉬고 싶을 만큼 내가 힘든가 봐…'

여행을
미루다

예전에는 사는 게 무료할 때면 무작정 집 근처 터미널로 갔다. 지금 표를 끊으면 바로 출발하는 지역으로 곧장 혼자 떠나는 거다. 돌아갈 막차시간을 확인하고 그전까진 발길 닿는 대로 돌아다녔다. 보이는 곳 아무 데나 들어가 밥을 먹고 또 걸었다. 그렇게 한참을 걷다가 깜깜한 고속도로를 타고 돌아오는 길에 속에 담고 있던 답답한 것들을 비워버리곤 했다.

하지만 일상에 쫓기다 보니 당일치기로 잠깐 바람 쐬고 돌아오는 짧은 여행조차도 나와 때가 맞지 않았다. 평일엔 늘 일에 매여 있었고 주말이라도 약속이 있으면 집에서 쉬는 것조차 할 수 없었다. 같이 가고 싶은 사람과 시간을 맞추는 것도 쉽지 않았다. 어쩌다 때가 맞아 같이 떠난다고 해도 서로의 스타일이 다른 만큼 여행을 하는 중에 의견 충돌이 생겼고, 다른 패턴으로 끝까지 즐거운 여행은 몇 없었다. 나이를 먹으면서 떠나기 전 짐을 싸는 번거로움과 돌아와서 짐을 풀 때 드는 '내 집이 제일 편하다'는 생각이 더 커졌다. 다음 번 여행을 계획하다가도 설렘보다 피곤함이 먼저 떠올라 그때부터 서서히 나는 여행을 기피하게 됐다.

한땐 나도 여행이라면 그저 좋았고 떠난다는 생각에 마냥 설렜었는데 어쩌다 이렇게 됐을까. 어째서 매일 피곤하다는 말을 입에 달고 살까. 사는 게 재미없다는 말을 습관처럼 하면서도 스스로 재미없는 삶을 선택한 것 같은 나는 이미 청춘을 반쯤 날려버린 건 아닐까. 문득 이런 생각들이 스칠 때면 안쓰럽다. 머리를 식히고 마음을 좀 쉬게 해줄 여행이란 건 참 매력적인데 나는 너무 무미건조하게 사는 것 같아서.

언젠가 나는 이런 나의 사태에 대해 며칠을 고심했다. 이유는 간단했다. 이게 다 여유가 없어서였다. 시간적인 여유와 금전적인 여유. 떠난다 한들 마음 편하지 않을 것이었다. 나는 흡사 '머피의 법칙'을 사는 것 같았다. 시간이 있으면 돈이 없고, 돈이 있으면 시간이 없었다. 시간도 돈도 있으면 마음의 여유가 없고, 시간도 돈도 마음의 여유도 있으면 같이 갈 사람이 없거나 가고 싶은 곳이 없었다. 아이러니하게도 모든 조건이 충족되어도 원하지 않아서 가지 않게 되고, '지금 내가 이럴 때가 아닌데' 싶어도 무작정 떠나고 싶단 생각에 사로잡혀 현실을 대충 살기도 했다.

떠나고 싶으면 언제든지 마음대로 떠날 수 있고, 돌아오고 싶지 않으면 아예 거기서 살아도 되는 그런 삶을 살고 싶다. 짜인 대로 쳇바퀴 돌 듯 사는 게 아닌 물 흐르듯 자유롭게. '나는 여유가 없어 못 가는데 다른 사람들은 잘도 가는구나' 하며 남을 부러워하지 않게. 여유 없는 일상에 쫓길 때면 아예 여행으로 도망가서 숨 좀 돌리고 억지로 쉬고 싶다. 세상에 태어난 내가 되도록 많은 것을 보고 느낄 수 있도록 이제는 여행을 미루고 싶지 않다. 두 다리로 걸어 다닐 수 있을 때, 꼭 가고 싶은 곳으로 한 번쯤은 나를 위한 여행을 떠나고 싶다. 나는 그래도 되는 사람이라고 생각하고 싶다. 예전에 유행했던 모 광고의 카피 문

구처럼 그동안 열심히 일한 당신, 떠나라! 그 대신 꼭 돌아
오기로 하자. 떠난 당신을 누군가는 기다리니까.

그냥 그런 날,
그저 그런 기분

아침에 눈 뜨는 순간부터 기분이 그저 그런 날이 있다. 출근길 도로를 꽉 채운 차들과 버스 안에 가득한 사람들을 보거나 퇴근 후에 잡힌 약속시간보다 먼저 도착해 번화가에 북적이는 사람들을 볼 때면 '이 많은 사람들은 다 어디에서 왔다가 어디로 갈까' 싶다. 나처럼 누군가를 기다리던 사람이 맞은편에서 걸어오는 반가운 얼굴을 보면 그전까지 표정 없던 얼굴에 생기가 돈다. 가까워진 두 사람은 웃으며 이야기하다가 다른 곳으로 발걸음을 옮긴다. 연인 사이라면 손을 잡거나 팔짱을 끼고 걸어간다. 꼭 그런 사이가 아니라도 방금 만난 두 사람은 서로의 옆에 꼭 붙어 걷는다. 누군가를 기다리며 모르는 사람들이 내게서 멀어지는 뒷모습을 본다.

핸드폰만 들여다보다가 내가 기다린 사람을 만나면 나도 그들처럼 이 거리를 벗어난다. 자리를 잡고 앉은 곳에서도 다른 사람들의 얼굴이나 표정이 유난히 눈에 들어오는 날이 있다. 내 앞에 있는 사람의 머리 모양이 바뀌거나 오늘 입고 온 옷이 잘 어울리면 굳이 언급하며 칭찬하기도 한다. 이유는 모르겠지만 평소보다 말수가 줄어드는 날에 그런다. 그냥저냥인 기분이지만 왠지 모르게 조금은 처지는 날, 그런 날이면 나보다 주위를 둘러보고 되도록 많은 것을 보고 들으며 나를 보지 않으려 한다. 대화도 내 위주로 하기보다 상대방의 말을 많이 들어준다. 내가 이불 덮어 재워 놓은 피곤한 이야기들은 일찌감치 잠들었기 때문이다. 평소와 다르다는 낌새를 눈치 채고 나를 물어봐도 나는 아무 일 없는 사람이 된다. 그런 날은 취기가 오를 만큼 술도 마시지 않고 거의 맨 정신으로 집에 돌아온다.

씻고 자려고 누우면 한숨과 숨소리가 짙게 깔린다. 자고 일어나면 괜찮겠지. 내일 되면 괜찮겠지. 별일 없는 나를 괜히 다독여본다. 정말 무슨 일이 있는 건 아닌데 꼭 무슨 일이 있는 사람처럼 조용한 날을 보내는 밤이면 말로 설명할 수 없는 어떤 것에 사로잡힌다.

그냥 그런 날, 그냥 그런 기분. 덥지도 춥지도 않은 내 방의 온도. 밤하늘의 양옆을 뒤척이는 구름. 나를 조금 내려놓았을 때에야 비로소 한쪽으로 치우치지 않고 가운데를 이루는 구간. 그럴 때면 나는 평소보다 조금 조용해지고, 내가 아닌 다른 것에 조금 더 관심을 갖는다. 바닥을 치거나 하늘을 찌를 듯한 감정 기복이 없는 중간이 지속되기를 바라는 마음으로. 나와 나의 주변을 조금이라도 덜 신경 쓰고 싶어서. 누구에게든 다정하게 말을 건네고 하루 중에 잠깐이라도 내가 보고 싶은 것을 보고 싶어서. 그런 날이면 그리운 목소리가 바람이 되어 어딘가에서부터 따뜻하게 불어와서.

손익분기점

내가 쏟아 부은 만큼 돌아오는 게 없다는 생각이 든 그때, 사람을 상대로 거래를 한 것 같은 기분이 들었다. 마치 거래처에 외상으로 물건을 대주고 제때 대금을 받지 못한 것처럼 조급한 마음이 생겼다. 내가 이 정도 했으면 적어도 이만큼은 들어차야 하는데 타산이 맞지 않아 가면 갈수록 나만 손해인 것 같았다. 그 사람과 내가 서로 다른 계산식을 가진 거라면 내가 해준 것들을 마이너스로 책

정해야만 합이 딱 맞아떨어졌다. 일일이 장부를 뒤적거려 새어 나간 돈을 찾는 것처럼 언제부터 이런 식으로 관계가 이어졌는지 원인을 찾으려고 했다. 이 사태를 따져 물을 적합한 때를 찾고 있었다. 서운하다는 말로 잔디를 깔고 내가 해준 것을 들먹이며 너무한 것 아니냐는 말로 몰아세울 심산이었다. 내가 자초한 거면서 상대방을 탓해야만 이 상황이 이해가 될 것 같았다. 그런 나쁜 마음을 먹었던 때가 있었다.

애착을 가지는 대상을 대하는 내 모습은 내가 알던 내가 아니었다. 사람이, 아니 내가 그렇게 간사했다. 스스로에게 환멸이 들고 나도 다른 사람과 별반 다를 게 없다는 생각에 헛웃음이 났다. '내가 그렇게 쉬운 사람인가' 싶다가도 반대로 '내가 그 사람을 쉽게 생각했던 건 아닐까' 하고 돌아서서 되묻기도 했다. 그 사람은 이런 나를 몰랐기에 그대로 변함없었다. 나는 그런 현실을 굉장히 답답해했다. 속 시원하게 터놓고 이야기하고 싶었지만 몇 번의 시기를 놓친 다음이라 타이밍을 잡기도 애매했다. 내가 너무 속 좁은 사람이 된 것 같은 생각에 몸 둘 바를 몰랐다. 상대방을 만나도, 만나지 않는 시간에도 늘 갑갑함을 느꼈다.

그러다 터질 게 터졌다. 예상 가능한 다음 상황이었다. 내가 평소 같지 않다고 느꼈던지 그쪽에서 먼저 대화를 요청해왔다. 당장 이 관계가 끝나더라도 아쉬울 것 없다는 듯이 묻는 말에만 대답하던 나는, 이미 묻고 싶은 것들을 상실한 다음이었다. 오히려 그가 내게 묻는 모든 물음은 내가 묻고 싶은 것들이었고 내가 답하는 것들은 그런 상황을 지켜보는 내 마음 같았다. 아이러니하게도 그 사람과 내 입장이 바뀌어 있었다. 말할 수 없는 게 있었을 뿐, 말하지 않은 건 없다고 말하는 사람 앞에서 그마저도 모순이라고 속으로 비웃기도 했다. 나는 그때 그 사람과 어떤 식으로 결론을 내고 싶었던 걸까. 어쩌면 끝까지 그 관계에서 최선을 다하지 않은 사람은 나일지도 모른다. 서운하다는 말을 제때 하지 않으면서 혼자 화난 모습으로 서 있던 나였다. 그저 그 사람을 남들과는 달리 특별하게 여겼던 탓에 사사로운 것 하나에도 쉽게 마음이 틀어졌던 거라고 말할 자신이 없었다. 그 사람과 이런 말로를 경험하고 싶지 않았기에 뒤늦게 생각이 짧고 시야가 좁았던 나를 탓했다.

처음엔 내가 손해를 봐도 좋고, 헌신하거나 희생하더라도 정말 괜찮았을 만큼 그 사람과의 각별함을 원했다. 결국은 내가 다 누렸지만 다른 사람들과 다를 바 없는 나였다는 사실에 할 말을 잃었다. 나도 그 사람도 애초에 마이너스와 플러스를 논할 기준점을 두지 않았다는 걸 너무 늦게 알았다. 그 사람의 노력과 나의 방관이 결국 다시 원점을 그릴 때, 나보다 가진 게 많은 사람은 그 사람이란 걸 알았다. 내가 계산적이었고 상대방은 수식 자체를 모르는 사람이었다는 것도 알았다. 슬펐다. 미안해하지 말라는 사람 앞에서 '아니, 이건 내가 잘못 생각한 거야'라고 말하는 순간, 그때야 비로소 일방통행이었다고 생각했던 도로 맞은편에 애초부터 존재했던 몇 개의 차선이 눈에 들어왔다. 앞으로 함께할 날과 이 사람에게 내가 해줄 수 있는 것들만 계산하고 더 마련하기 위한 노력을 할 수 있는 사람, 정말 나와 상대방을 동시에 위할 수 있는 사람이 언젠가는 되고 싶다. 내가 하는 게 다 잘하는 거고 다 맞는 게 아니라는 것을 굳이 나무라지 않고 있는 그대로 수용해주는 사람, 나는 그런 사람으로 살아가고 싶다.

안 바도
괜찮아

　　말을 재밌게 하는 친구가 있다. 성격 또한 유쾌해서 만
날 때마다 즐겁다. 그 친구는 사랑하는 사람과 헤어지는
장면에서 붙잡고 매달린 역사가 없었다. 맺고 끊는 게 칼
같이 확실하다. 그래서 친구들은 사람과 사랑에 적신호가
켜지면 "선생님, 제가 지금 이렇습니다" 하고 그 친구에게
만남을 요청했다.

속을 까뒤집어 나를 힘들게 하는 사람 때문에 밑바닥부터 엉켜버린 것을 토해내면 그 친구는 다른 친구들에 비해 비교적 냉철한 말들을 한다. 그런 사람쯤 안 봐도 괜찮다. 사는데 지장 없다. 오히려 있어서 더 지장이 생긴다. 나 같은 사람만 곁에 둬야 한다 등등… 그런 말들을 듣다 보면 순간적인 감정에 '그래. 그래야겠다' 싶다. 마치 지금 나를 복잡하게 하는 것들이 한순간에 연기처럼 다 사라진 것 같다. 관계에 철저한 친구를 만나는 동안에는 대리만족을 느끼기도 한다. 당장 실행에 옮기지 못하더라도 어질러져 있던 것들이 있어야 할 자리를 찾는 것 같은. 답답하던 마음에 숨통이 트이고 급기야 후련하기도 하다.

"네가 좋고 잘 풀릴 땐 우리가 안 봐도 괜찮아. 그런다고 얼굴 까먹고 이름 까먹겠어? 하지만 이렇게 답답해하는 모습만 보게 되니까 마음이 안 좋네. 안 그래도 사는 게 힘든데…."

피를 돌게 하고 마음에 바르는 빨간 약이 되어주는 친구의 그 말은 만감이 교차하게 했다. 굳이 안 봐도 되는 사람들 때문에 골머리를 앓고 있는 내가 어리석다는 생각도 들었다. 정말 나에게 필요한 말이었다. 내가 좋을 때나 나쁠 때나 굳이 사람을 안 봐도 된다는 건 지금 내가 처한 상황과 많은 일들에서 조금 더 나를 생각하게 했다. 사람이 맺어지고 끊긴다는 건 내 의지에 따라 원활해질 수 있다. 지금 내 자리에서 한 발 뒤로 물러나 나만의 커트라인을 두는 것. 쌓을 수 있을 때까지 쌓아두는 게 아닌 분리하고 정리하면서 짊어지고 갈 짐을 늘리지 않는 것. 보고 싶은 것을 위해 굳이 안 봐도 되는 것들을 소각하고 아무도 없는 빈 방에 켜진 불을 소등하는 것. 사람에 여유를 갖고 스스로의 입지를 좁히지 않는 것 등은 내가 나를 위해 남겨둘 수 있는 최소한의 내 몫이라는 걸 잊지 않으려 한다.

관계자 외
출입 금지

사람마다 각자의 기준이 있고 애초에 정해둔 선이 있다. 처음엔 이렇게, 차차 알아가면서 이 정도까지는, 아무리 그래도 더 이상은 어렵다 싶은 것들까지. 사람을 보고 대할 때 가장 중요하게 여기는 것도 다 다르다. 한 사람과의 발전 가능성을 염두에 둘 때도 그렇다. 단지 연인 사이로 굳혀지기 전에 알아가는 단계에서만 그런 건 아니다. 이 사람과 내가 한낮 지인으로 그칠 것인지, 아니면 서로의 인생에 한 획을 그을 서로의 사람이 될지는 모르는 일이기 때문이다.

가랑비에 옷 젖듯 잠깐 스칠 인연에 베인 적이 있어서일까. 사람을 처음부터 제대로 받아들이는 것에 나는 지레 겁을 먹곤 했다. 자기 멋대로 왔다 갔다 나를 드나들던 사람에게 나는 그쪽에서 힘을 들여 밀고 들어오거나 힘들게 빠져나갈 필요 없는, 손가락 하나 까딱하지 않아도 열리는 자동문과 같았을 것이다. 오면 오는 대로 가면 가는 대로 받아주고 보내주는 것. 그게 내가 할 수 있는 전부였지만, 어쩌면 그게 이별에 쿨하게 대처하고 상대에게 덜 질척거리는 유일한 방법이라고 믿었다.

지금보다 조금 더 어렸을 때는 서로의 비밀을 한 가지쯤 알고 있는 사이만이 각별하고 특별하다고 생각했다. 그게 어떤 사연을 품고 있든 상대방의 깨진 조각들을 내가 품어주는 것이 진정한 우정이나 진짜 사랑이라고 여겼다. 그런데 때론 그런 조각의 파편들이 나와 상대방을 찌를 흉기로 돌변하곤 했다. 말다툼을 하거나 관계가 틀어질 때 '네가 그러니 그렇지' 하면서 서로의 가슴에 비수를 꽂을 때도 있었다. 털어놓는 순간 비밀은 내 약점이 되고, 칼자루를 어렵게 꺼내 쥐어주는 것과 같은 형상이 됐을 때,

나와 가장 가까운 관계에서도 직접적인 관계자는 없었다. 내 세상에서 내가 믿고 있던 사람이 사라진 것 같은 기분. 그럴 땐 나를 포함한 많은 것들이 동시에 무너져 내렸다.

그런 이유로 서로가 따로 그어둔 각자 다른 선의 경계를 허물고 마치 이끌리듯 흡수되는 걸 원하면서도 덜컥 겁이 났다. 내가 경험한 모든 빅데이터를 종합해 봐도 답이라고 내놓은 것에 확신이 없었다. 한 사람의 범주 안에 내가 포함된다는 것도, 누군가가 어느새 내게 큰 범위를 차지한다고 느낄 때에도 마냥 가슴 벅찬 일이 될 순 없었다. 그러다 보니 어느 샌가 내 마음엔 내가 자리를 꿰차고 있어야겠다는 생각이 점점 더 강해졌다. 너로 가득 찬 마음이라 단단하고 튼튼하다고 그 사람에게 고백하면 뭐 하겠는가. 언제든 그 사람이 빠져나가면 나는 뻥 뚫린 듯한 상실감을 끌어안으려 허공에 손을 저을 뿐인데.

마음속에 사람이 살다가 나간다는 건 마치 앞문으로 들어왔다가 뒷문으로 나가는 것 같다. 예전 사람을 마지막으로 본 뒷문에서 그 사람을 기다리다가 우연히 그 길을 지나는 새로운 사람을 본다. 뒷문을 열고 그 사람을 맞이한다. 첫 단추부터 잘못 끼워진 옷을 어떻게든 입어보려고 단추를 채우다 보면 삐뚤삐뚤하게 어긋나는 모양이 내 눈에도 보일 텐데 그런 옷을 걸친 내 모습이 과연 보기 좋을까.

　내가 속한 모든 관계에서 나와 직접적인 관련이 있는 관계자는 그 누구도 아닌 바로 나 자신이다. 내가 나의 직접적인 관계자가 되어 나를 보호하고 통제하는 것. 내 몸과 마음을 해치지 않는 사람을 받아들이고, 정신적으로 성가시게 하는 사람을 쫓아내는 것. 그런 결정과 선택을 하는 건 나와 가장 관계가 깊은 내가 해야 할 일이라는 것을 알았다. 그러니 한 가지의 일과 한 사람에 대해 골몰히 생각하는 나의 심사 기간을 묵묵히 참고 지켜봐야 한다.

　어렵게 생각할 것 없다. 내가 생각해도 이건 아니다. 내 생각엔 이러는 게 낫겠다. 내가 해야 한다. 내가 그때 안 그러길 잘했다. 그런 생각의 결론에 따라 움직이는 나를 믿어주는 것이다. 나 외에 그 누구도 내 인생을 대신 살아주지 않는 만큼, 나는 나를 위한 나의 결정을 따라가야 한다.

없는 게
많아서

어느 날 밤, 술 한잔하고 집에 간다는 친구와 통화를 하는데 나는 말끝마다 '뭐가 없고 뭐도 없고 아무것도 없다'는 말만 반복하고 있었다. 웃으며 친구도 그렇다고 했지만 전화를 끊고 나서 그런 생각이 들었다. '어쩌면 가진 게 많지 않아서, 없는 게 많아서 삶의 만족도가 낮은 건가. 정말 내가 갖고 있는 건 뭘까⋯.'

돈을 벌어도 마음대로 쓸 수 있는 돈은 얼마 없고
딱히 바쁜 것도 아닌데 매일매일 시간도 없고
내 속 얘기까지 다 털어놓을 수 있는 사람도 없고
어디에서 뭘 하고 뭘 봐도 아무 재미도 감흥도 없고
하루 종일 집에서 쉬어봤자 마땅히 할 일 없고
새로운 사람을 만나도 꿈틀대는 마음 없고
생각은 많은데 막상 뒤져보면 별생각 없고
내가 기다리는 연락은 제때 답장도 없고
오랜만에 사람을 만나도 새로 전할 근황 없고

하나씩 나열해보니 나에겐 이렇게 없는 것들투성이다.
무심결에 뱉은 '없다'는 말은 나로 하여금 큰 파장을 불러
일으켰다. '나는 언제부터 이렇게 살았을까' 아무리 생각
해봐도 시초나 근원을 찾을 수 없었다. 다들 이렇게 사는
건 아닐 텐데, 뭔가 상실한 지 오래인 것 같아 공허함에 휩
싸였다. 그러다 반대로 내가 가진 것들을 하나둘씩 세어봤
다. '내가 가진 것… 내가 갖고 있는 것…' 생각할수록 난
감해졌다. 기껏해야 내 명의로 된 통장이나 휴대폰, 신용
카드, 강아지 세 마리, 책 한 권, SNS 계정, 내가 돈 주고 산
옷이나 가방 같은 몇 가지 물건들이 다였다.

이사를 간다면 짐이라고 싸야 하는 것들, 필요에 의해

개설한 것들만이 내 거라고 내 방에 있었다. 순간 허무했다. 그런 것들은 나에게 꼭 필요하고 중요한 것들이지만, 심적으로 안정감을 누릴 수 있는 것들은 하나도 갖고 있지 않은 것 같았다. 나에게 정말 필요한 것은 하나도 갖추고 있지 않은 사람이 돼버린 것 같았다. 그런 것들은 나와는 거리가 멀다고 생각했던 걸까. 남 얘기며 꿈같은 일이라고 치부했던 걸까. 갈증이 나고 한숨이 절로 나왔다. 지금까지 아무 생각 없이 산 것 같아 불현듯 회의감마저 들었다. 그제서야 요즘 들어 무기력하고 무의미함을 느꼈던 것들에 가닥이 잡혔다. '아, 내가 그래서 그런 생각이 들었던 거구나' 싶었다. 허탈감을 감출 길 없어 한동안 멍하니 앉아 있었다.

하지만 해결책이라고 내놓는다 한들 하루아침에 달라질 수 있는 건 아무것도 없었다. 지금보다 더 큰 후회를 나중에 또 하지 않으려면 그저 지금처럼 사는 방법 말곤 없어 보였다. 이게 참 씁쓸한 건데, 그러지 않는다고 해서 달라지는 게 있다면 그게 오히려 더 역효과를 낳을 것 같았다. 돈을 조금만 모으고 조금 더 내 마음대로 쓴다거나 시간을 벌어서 내 시간을 더 가진다 한들, 사람 만나 자주 놀고 살찌든가 말든가 먹고 마셔본들, 돌아서면 또 내일을, 앞날을 걱정할 내가 서 있을 게 뻔히 보였다. 나를 위해 조금은 여유를 남겨둔다는 것도 말이 쉽지. 정작 나조차도 내 마음처럼 쉽게 움직이지 않는다.

살면서 문득 스치는 생각들을 애써 잡지 않으면 그동안의 나에게 뒤통수를 맞는 것 같은 기분이 든다. 하지만 이런 순간들이 없다면, 있어도 내가 모르고 흘려보낸다면 어디가 끝인지, 왜 이러는지 이유도 모른 채 둥둥 떠다닐 것이다. 그래도 내 인생의 주체는 '나'라고 잊을 만하면 한 번씩 숨을 고르게 해준다. 마지막 한 조각 퍼즐을 찾지 못한 것들이 딱 들어맞을 때가 있다. 남들이야 어떻게 살건 간에 내 위주로 생각하게 하는 순간이 이렇게나마 온다.

사는 게 재미없다면 재미를 찾으라고. 요즘 왜 그런지 모르겠다면 내가 왜 그러는지를 돌아보라고. 어떻게 해야 할지 모르겠으면 정말 하고 싶은 것을 따라가라고, 그렇게 '나'라는 사람이 속한 모든 것에서 진가를 알아가라고. 모든 건 마음먹기에 달렸고 생각하기 나름이라고 미래의 내가 지금의 나를 잠깐 찾아와 말해주는 것 같다. 지금 당장은 지치고 힘들더라도 나중에 나는 좋을 거고, 괜찮을 거니까 너무 기죽어 있지 말라고 일으켜 세워주기라도 하는 것처럼 말이다.

없다는 건 언젠가는 생길 수도 있는 것이다. 내가 가진 것도 언제든지 잃을 수 있는 거고. 더 많이 가지고 하나도 잃지 않으려고 하는 노력은 버겁기만 하다. 비록 잠깐 흐린 날이지만 비가 오는 건 아니지 않나. 곧 날이 개어 해가 뜰 거라고 나를 다독여줄 수 있는 시간, 단지 지금은 그런 시간을 보내는 중이라 여기자고.

장마

길을 걷다가 갑자기 쏟아지는 소나기를 맞는 것처럼,
생각지도 못한 고난과 시련이 하나 둘 엎친 데 덮친 격으
로 들이닥칠 때가 있다. 강한 비바람에 걸어가기 버거울
때면 큰 우산을 써도 비를 다 맞는다. 청소년기의 사춘기
처럼 어른이 되면 이런 장마 같은 침체기를 한 번 더 겪는
것일까. 평소에 아무리 대비를 잘해왔다고 하더라도 갑작
스러운 마이너스로 인해 겨우 다시 원점으로 돌아올 때도

있다. 나와 사인이 맞지 않는 이 인생이 과연 내 인생이 맞는 건지 힘이 빠진다. 이런 우울감을 동반하는 이유는 지금까지 아무리 힘든 일이 많았어도 가장 힘든 시기는 바로 '지금'이기 때문이다. 매번 같은 세기로 등장하는 아픔은 없기에 늘 새롭게 느껴지는 '힘듦'에 매번 당황할 수밖에 없다.

모두가 같이 바라보는 하늘 아래 오직 나에게만 비가 오는 날들. 다른 사람들은 손에 가방만 들고 유유히 걸어가는데 나만 언제 내릴지 모를 비를 대비해 우산을 가지고 다니는 것 같은 기분. 남들은 물놀이에 즐거운 것 같은데 나 혼자 물난리에 익사하는 느낌. 오늘도 내일도 비가 내릴 것 같은 예감. 봉지를 뜯은 채로 오래 놔둔 과자처럼 눅눅해진 마음. 이제는 맑은 날의 해를 보고 싶은 바람까지. 내 인생에 드리워진 먹구름은 언제쯤 걷힐는지, 난잡하게 어질러져 있는 꿉꿉한 것들을 언제쯤 화창한 날씨에 맞춰 바깥에 널어놓을 수 있을지 생각하면 까마득하다.

그럴 때일수록 비 오는 날엔 녹차가 더 깊이 우러나는 만큼 차라도 한잔하며 잠깐이라도 여유를 가지려 한다. 비가 오면 우산을 쓰고 걷기 좋은 날이라고 다른 의미를 두려 한다. 그냥 오늘따라 갑자기 일이 꼬여서 나만 퇴근이 늦어지는 거라고 생각하려 한다. 저녁 약속까지 취소했는데 저녁도 먹지 못하고 늦게까지 일을 하는 게 억울하고, 그래서 평소보다 더 피곤한 것뿐이라고 지친 하루를 정리하려 한다. 퇴근시간이 한참 지난 늦은 밤에 뻥 뚫린 도로를 달리면 평소보다 빨리 도착하는 것처럼, 다 끝내고 집에 가는 길은 막힘없이 한산할 것을 아니까. 다른 사람보다 빨리 찾아왔거나 조금 더 늦게 끝나는 나의 힘든 현실을 조금만 더 참아보려 한다. 오늘에서 내일로 넘어가면 내일 아침에도 피곤함은 남아 있겠지만 어제의 일은 다 끝냈을 테니 마음만은 편할 거니까.

변함없는 상황에 절망하기보다 장마가 끝나고 해가 뜨면 달라질 게 많을 거란 전망을 내놓고 싶다. 잠깐의 위기보다 더 강하게 단련된 평생의 나를 믿어보려 한다. '별거 아니네' 하며 손 털고 돌아서는 나를 본 적 있으니 말이다. 나와 계속 마주치게 될 것들이 어둡고 어려운 것만은 아닐 거니까. 이제 거의 다 왔다. 비로소 끝이 보이는 장마, 서서히 다가오는 맑은 날들은 그곳으로 천천히 다가서는 나를 기다리고 있다.

보내주고 나면
그제야 만나는 것들

나이가 들수록 좋은 기억들을 담고 있던 기억력이 나빠지는 걸 느낀다. 잊는데 별로 힘들이지 않은 것들만이 가끔 떠올라 '남은 게 없다'는 말을 했다. 외로운 사람 둘이 만나면 외로움이 줄어들 줄 알았는데 그게 아니었다. 서로 다른 외로움이 엉겨 붙어 결국 서로를 더 외롭게 만들고야 말았다. 힘든 사람 둘이 만나도 상황은 똑같았다. 한 사람이라도 온전해야 누군가에게 잠깐이나마 한쪽 어깨라도 내어줄 수 있는 거였고, 그래야 누군가 기대어도 그 사람을 지탱할 수 있는 거였다. 그런데 서 있다가 앉을 힘조차 없던 두 사람이 만났으니 어땠겠는가. 나만큼 이 사람도 힘들다는 걸 알았기에 마음껏 기댈 수 없었던 것이다. 마치 모래사장에 꽂아둔 나뭇가지가 불어오는 바람의 방향에 따라 힘없이 쓰러지듯 서로가 기댄 쪽으로 형편없이 무너질 뿐이었다. 서로의 허리쯤에서 겨우 말을 하면 애석하게도 그들의 눈에 보이는 건 천장이거나 하늘이었다. 목소리조차 바람소리에 묻혀버리면 들리지 않았고, 고개를 돌려도 보이지 않는 서로의 얼굴에서는 어떤 표정도 읽을 수 없었다.

　괜찮아질 거라는 말은 어떤 시련을 극복하고 괜찮아졌던 경험을 한 사람만이 할 수 있는 말 같았다. 다 지나간다는 말도 이미 한차례 겪고 난 이후에 어떤 상황을 지나쳐온 사람만이 해야 할 것 같았다. 너에겐 내가 있다는 말도 무슨 일이 생겨도 이 사람을 떠날 수 없을 것 같은 사람만이 뱉을 수 있고, 걱정하지 말라는 말도 직접적인 해결책을 제시해줄 수 있는 사람만이 할 수 있는 말 같았다. 그런 이유로 나는 위로에 서툴렀고 위로가 될 만한 말을 그 누구에게도 쉽사리 하지 못했다. 내가 동전의 양면같이 매사가 한쪽은 위로 조금 솟아 있고 반대쪽은 푹 꺼져 있는 것처럼 느껴지기도 했다. 그래서 누군가에겐 내가 닿아 상처를 남겼고, 또 다른 누군가는 내게 닿아도 그쪽에만 남는 흔적을 가졌을 것이다. 그런 걸 영광의 상처로 희석하거나 일종의 훈장처럼 자랑하는 사람은 없었다. 다 자란 키에 살이 찌면 살이 트는 것처럼, 늘어나는 것을 감당하지 못해 잠깐 외부로부터 나를 단절시키면 머지않아 그것들은 축 늘어져 보기 싫은 자국으로 남기도 했다.

한 사람을 겪은 기간은 길지 않은데 나에게 남겨진 잔상들이 유난히 많을 때가 있었다. 좋은 기억들만 남기려고 나빴던 기억들을 억지로 도려내면 내가 가진 기억은 살이 빠지곤 했다. 나를 괴롭히던 장면들을 최대한 편집하고 난 후에야 사람들은 예전처럼 슬퍼하지 않는 나를 보며 '요즘 보기 좋네'라는 말을 안부 삼아 건네기도 했다. 그럴 때면 그제야 그런 내 모습에 나도 만족하곤 했다. 생각이 나지 않는 것과 기억이 나지 않는 게 다른 것처럼 문득 생각나는 것만 줄어들어도 기억 속엔 아무것도 남아 있지 않은 것 같았다. 평소에 무뎌졌다고 느껴지던 것들은 보다 보면 일종의 착시현상을 불러일으킨 것처럼 잠깐 그때뿐이었다.

밀가루를 못 끊고 술, 담배도 못 끊는 내가 한 사람을 기억에서 싹둑 잘라 끊어버린다는 것은 애초에 불가능한 일이기도 했다. 그래서 지난날들을 떠올리면 뭐라고 할 말이 없다. 그땐 어렸다는 말도, 뭘 몰랐다는 것도 다 핑계에 불과할 뿐이다. 스무 살의 나만 서툴렀던 건 아니다. 바로 어제까지의 내 모습도 서툴렀고 실수가 많았다. 매년 꾸준히 학습한다고 해도 올해부터는 적용되지 않거나 변동된 것들이 늘어가는 국어사전처럼 어느 정도 안다고 생각했던 것들도 달라지고 많이 변한 다음이었다. 두 번 다시는 안 볼 거라고 했던 사람과 못할 거라고 했던 것들에도 시간이 지나 마음이 느슨해지면 '요즘 뭐하고 사나', '그때 해볼걸 그랬지' 하며 너그러워지기도 한다. '그때 왜 그랬을까' 하고 나를 옥죄던 것들에도 '그땐 그럴 수밖에 없었다'며 스스로를 이해하기도 한다. 생각나지 않던 것들이 갑자기 떠오르고 기억하고 싶지 않던 것들마저 흐릿해질 때, 그제야 인생의 끝자락에 서 있는 사람처럼 비로소 모든 걸 용서하기도 한다.

내가 끝없이 좋아했던 것들과 아주 오래 미워했던 것들마저도 두 손에 꼭 쥐고 있다가 내려놓고 나면 이런 생각이 든다. 마음이 편해진다는 건, 많은 사람들이 한꺼번에 내리고 나서야 내가 앉을 자리가 생기는 출퇴근길 버스 맨 뒷자리 같은 거라는 것.

직접적인
경험담

사랑하다 헤어졌을 때 누군가는 여전히 사랑한다는 이유로 헤어진 당일부터 술을 마시고 술기운을 빌려 그 사람에게 연락을 한다. 내일이면 어제 했던 짓을 백 퍼센트 후회할 걸 알면서도 첫날부터 힘들어한다. 반대로, 무슨 짓이든 해서 붙잡고 싶은데도 꾹 참고 속으로 끙끙 앓을 때도 있다. 그 무렵에는 밥을 생각으로 먹기 때문에 밥 생각없고 가슴이 답답하다는 이유로 끼니를 거를 때가 많다.

그래서 바로 실연당한 티가 난다. 하지만 그럴수록 그 사람은 나에게서 더더욱 잊히지 않는다. 아무것도 하지 않는 순간조차 온통 지배적이다. 술은 한 사람을 잊을 수 있도록 '빨리 감기'의 기능을 하는 게 아니라, 자꾸만 지난날을 돌아보게 만드는 '되감기'나 현실을 똑바로 직시하지 못하는 나를 위해 '일시 정지' 같은 진통제 역할만 해줄 뿐이다. 아니, 어떨 땐 불난 데 들이붓는 기름 같다. 술을 마시기 전보다 더 생각나게 하고 한순간도 견딜 수 없게 만드니까.

내 생활이 엉망이 되면서 한쪽으로 반쯤 기울어지니까 그나마 온전하던 것들마저 아래쪽으로 굴러 떨어졌다. 그래서 가까스로 추스르고 본격적으로 그 사람을 잊어보기로 했다. 그 결과 나는 그 사람을 잊었다. 누군가를 잊기까지 내게 도움이 된 것들이라면

1. 혼자 다시 한 번 가보고 해봤다.
그 사람과 나, 우리 둘이 있었던 세상의 모든 곳. 처음 만났던 장소, 우리가 좋아했던 단골가게, 추억이 많은 거리, 같이 여행을 갔던 지역 같은 곳을 혼자 다시 다녀왔다. 그곳에서 먹고 마시고 걸었던 것들을, 표정이 굳어지거나 자칫 눈물이 글썽거릴 수 있는 순간을, 마치 다리미로 구겨진 부분을 반듯하게 다리듯이 그곳에서의 마지막 기억

은 나 혼자 머물던 장면으로 남겨두고 다시 돌아왔다. 언제든 내가 다시 찾았을 때, 설령 그곳이 여전하다고 하더라도 여전한 것은 나일 뿐, 마음까지 여전하지는 않도록.

2. 굳이 피하지 않기로 했다.

그 사람을 우연히라도 마주칠 것 같은 동네나 그 사람과 내가 같이 아는 사람, 이별 노래와 SNS상의 슬픈 글귀들, 선물 받은 것들, 그 사람을 닮은 말투나 습관 같은 그 모든 것들을 피하거나 억지로 버리지 않는 것. 그 사람이 남아 있는 흔적들을 그대로 두면서 신경 쓰지 않는다는 게 아니라, 볼 때마다 가슴을 쓸어내리며 마음 아파하지 않으려는 노력을 했다. 좋았던 것마저 부정하고 싶진 않았고 그 사람 때문에 슬퍼하는 나를 더 이상 보고 싶지 않았다. 그래서 그냥 이렇게 생각하기로 한 것이다.

이를테면, 주말의 번화가는 언제나 사람이 많구나. 노래가 좋네. 나처럼 헤어진 사람이 또 있구나. 물건을 버린다고 기억까지 버려지는 건 아니니까. 나는 원래 나대로 살면 되는 거겠지. 그냥 그렇게.

억지로 외면하고 끊어 내지 않아도 시간은 상처를 물에 재워 희석시킨다. 그 안에 잠겨 내가 부식되지 않도록 굳이 등 돌려 걷지 않기로 한 것이다. 어차피 그 사람과 나는 정반대 방향으로 걸어가고 있기 때문에.

3. 사람을 일부러 만나거나 만나지 않는 것을 하지 않았다.

한 사람에게만 맞춰져 있던 초점이 사라졌다고 해서 다른 사람을 타깃으로 두고 끊임없이 연락하는 것과 집에만 콕 박혀 있으면서 당분간 아무도 만나지 않는 것은 헤어진 나에게 전혀 도움이 되지 않았다. 너무도 당연하단 듯이 공허했다. 그저 내 사생활 중 하나가 소멸한 것뿐이다. 내 주위에는, 내 곁에는 나를 좋아하고 내가 좋아하는 사람들이 있다는 것에 포인트를 뒀다. 내가 헤어진 건 나에게만 특종일 뿐, 타인에겐 그저 내 소식일 뿐이다. 누군가와 내가 나눌 이야기는 나의 이별 소식이 주를 이루는 게 아니라 서로의 안부와 근황, 요즘의 고민, 공통된 관심사, 맛있는 음식에 술 한잔 기울이며 주고받는 위로면 충분하기 때문에. 한 사람과 헤어졌다고 해서 세상 모두와 단절할 게 아니라면, 나는 군이 내 방에만 있으면서 사람 얼굴을 사진으로만 볼 이유가 없다.

4. 예전보다 더 바쁘게 지내지 않아도 된다.

어차피 나는 나대로 일이 있고, 내 생활이 있다. 그전부터 바빠서 잘 못 챙겨준 건 내가 사랑했던 사람뿐만 아니라 나 자신에게도 마찬가지였을 것이다. 못 봤던 영화나 드라마를 몰아보거나 잠시 떠났다 돌아오는 여행, 쉬는 날 집에서 온전히 휴식을 취하는 것, 자주 못 보던 사람을 만나고 갖고 싶었던 것을 사는 것. 그렇게 조금씩 1/2밖에 남지 않은 것 같은 내가 다시 온전한 하나로 자리 잡게끔 나에게 집중하는 것. 마음이 아프고 온통 그 사람뿐인데 어떻게 그럴 수 있겠나 싶어도, 사람은 애초에 안 해서 그렇지 일단 시작하면 뭐든 하게 된다. 넋 놓고 있어도, 철저하게 나를 위해 움직여도 시간은 일정하게 흘러간다. 지나친 곳의 구멍을 메우기 위해 지금을 쏟아 부으면 내일 나는 오늘 아침으로 돌아와 한 번 더 눈을 뜰 것이다. 모레의 나는 다시 내일을 살 것이다. 당장 아무것도 하지 않으면 나중엔 아무것도 못 하게 된다. 뒷걸음질 치거나 가만히 멈춰 있는 상태로는 한 걸음도 앞으로 나아갈 수 없다. 단언컨대, 나를 위해 무던히 살아가다 보면 나를 알아보고 내가 알아차릴 사람을 만날 수 있을 것이다.

　　나는 위에 언급한 방법으로 사랑했던 사람을 잊었다. 내가 잊은 사람이 나를 찾아와 "너는 어떻게 나를 잊었어?"라고 물었을 때에도 이와 같은 이야기를 했다. 사람을 잊는 게 말처럼 쉬우면, 저렇게 해서 다 잊을 수만 있다면, 나는 '사람을 잊는 방법'이라며 특허라도 냈을 것이다. 그런데 이러한 방법들로 하루아침에, 단 시간에 한 사람을 다 잊은 건 아니다. 아니, 이렇게는 절대 잊을 수 없다. 하지만 헤어지고 나면 남는 게 시간 아닌가. 누군가를 사랑하는 일을 담당하던 내 마음은 이제부터 할 일이 없지 않나. 그러니 당장 할 수 있는 것부터 일단 다 해봤다는 것이다.

생각나면 생각했고 눈물 나면 울었다. 누구보다 보고 싶어 했고 그리움이 어떤 건지 새로 느꼈다. 몸이 아파 며칠을 죽은 듯 있기도 했고, 자야 할 때 못 자서 뜬 눈으로 밤새우고 반쯤 감긴 마음으로 하루를 보내는 날도 있었다. 말하고 싶은 것들이 말할 수 없는 것들로 쌓이면 차라리 노래를 부르기도 했다. 기간을 두고 뚜렷한 성과를 바라고 한 게 아니다 보니까 시간은 좀 걸렸지만, 어느덧 나는 내가 사랑하는 내 모습을 되찾았다. 누군가와 언제든 다시 사랑에 빠질 수 있는 건강한 상태가 되었다.

어쩌면 사람을 잊는다는 건 그런 게 아닐까. 한 사람을 기억에서 통째로 삭제하는 게 아닌, 그 사람을 잊지 못해 힘들어하던 내 모습에서 완벽하게 벗어나는 것. 그 사람은 차차 흐려지고 나는 점점 또렷해지는 것. 잊으려고 노력하지 않아도 자연스레 묻히는 것. 누군가를 새로 사랑하고 나면 더 이상 떠오르지 않는 것. 정말 사람을 잊는다는 건 그런 게 아닐까.

사람을 믿지 않는
사람들

　지인을 통해 새로운 사람을 알게 되는 자리에서 이야기를 나누다 보면 그중에 절반은 "사람을 믿지 않아요" 혹은 "사람한테 받은 상처가 많아서요"라는 말을 앞세웠다. 그럴 때면 첫 만남부터 그들을 어떻게 대해야 할지 생각이 많아졌다. "저는 믿을 만한 사람입니다. 일단 알고 지내보시죠?" 하며 무턱대고 나를 어필할 수도 없고, 애초부터 보이지 않는 선을 미리 그어둔 것 같은 느낌과 갑자기 불편해진 자리에 다음 할 말도 까먹곤 했다. 그런데 그런 사람들은 그 후의 만남에서 술이 몇 잔 더 들어가면 예전에 있었던 일을 순순히 털어놓기도 했다. "그때 그런 일이 있었어요." 지금은 웃으면서 말하지만 눈과 입이 동시에 움직이진 않았다. 아직도 쓰라린 탓이겠지. 그런 이야기를 듣고 있자면 나도 그 정도는 털어놔야 할 것 같은 생각이 들어 나는 이런 이야기를 했다.

"사람은 생김새와 이름만 빼고 다 똑같다는 말을 실감한 적이 있었어요. 만나는 사람마다 연타로 상처만 남기고 가버렸죠. 누군가를 다시 받아들인다는 게 쉽지 않았던 건 그런 상처 때문이었어요. 성격이 불같은 사람에게 데인 상처는 화상으로 남아 자꾸 나를 숨기게 되더라고요. 속을 다 보여주면 화상흉터만 보일 것 같아 옷깃을 여미듯 곁을 닫게 됐어요. 내뱉는 말마다 얼음장같이 차갑던 사람 때문에 훗날 내게 다가온 다정한 것들엔 적응이 안 되더라고요. 괜히 착한 사람 마음까지 의심하고 쓸데없이 경계하기도 했습니다. 그런데 내가 확실한 상처를 받았듯이 나도 분명히 상처를 줬을 거예요. 아무리 지난 일이라고 해도 잊을 수 없는 건 늘 남아 있죠."

그런 나의 이야기를 듣다 보니 '네가 받은 상처와 내가 받은 상처가 별다를 거 없구나' 싶었던지 그들은 더 이상 나를 절취선 바깥에 두고 이방인처럼 대하지 않았다. "너도 사느라 고생 많았네. 앞으로도 종종 오늘처럼 이렇게 술이나 한잔씩 하고 그러자" 그렇게 나는 누군가와 오늘부로 친구가 되기도 했다. 비슷한 또래들은 같은 시대를 살았기 때문에 척하면 척, 그 시절의 모든 여건들을 단번에 알아차렸고 그런 이야기가 오가다 보면 묘한 동질감이 들기도 했다. 비슷한 상처가 있는 사람들은 굳이 지난 일을 들추거나 캐묻는 일이 없었다. 묻을 건 묻어두었고, 묻고 싶어도 굳이 먼저 묻지 않으면서 상처를 주지 않으려 애썼다. 마치 그래야만 소중한 사람을 잃지 않는다는 요령이 생긴 것처럼, 각자가 받은 상처를 서로를 통해 치유하며 곁에 머물러 주기로 한 것처럼 말이다.

사람에 대한 경계가 강한 사람이 사람에 대한 애착도 강한 법이다. 사람을 잘 믿지 않게 되었지만 그럼에도 불구하고 믿고 싶어지는 사람은 기어코 나를 또 찾아온다. 나도 모르게 믿음이 가는 사람, 믿고 말고의 여부를 떠나 그냥 느낌이 좋은 사람, 나와 대화 코드가 맞는 사람. 그런 사람은 흔하지 않고 쉽게 오지도 않는다. 나의 상처를 보면 단번에 맞춤 처방을 내놓기도 한다. '이 상처는 후시딘을 발라야 해', '이 정도는 마데카솔을 바르는 게 좋아'

자칫 똑같은 것 같은 연고 두 가지를 놓고도 상처에 따라 다르게 쓰인다며 친절하게 알려주는 건 이미 한번 겪어 봤기 때문이리라.

사람을 믿지 않는다고 말하던 사람 둘이 만났다. 서로를 알아가는 과정에서 서로의 상처를 품어주게 된다면 그때부터 본격적인 회복이 시작되는 셈이다. 굳이 서로에게 '믿음'을 강조하거나 강요하지 않는 건 그런 이유에서일 것이다. 정말 누군가를 믿는다는 건 날 믿느냐, 얼마나 믿느냐, 왜 믿느냐의 질문이 필요 없는 게 아닐까. 서로 어떤 상처가 있는지 아는 건 가벼운 관계가 아니기 때문이니까. 한쪽이 사람을 잘못 본 거라면 그로 인해 또 한 번의 상처를 받고 다른 사람들과 똑같은 사람으로 치부하면 그만이지만, 서로가 서로를 알아본 거라면 지난 상처를 보듬어주면서 상대가 원하고 바랐던 사람으로 살아갈 테니까. 사람에게 받은 상처는 사람이 치유한다는 건 아마 이런 것을 두고 하는 말이 아닐까.

성급한
일반화의 오류

    요즘 세상에선 SNS를 통해서도 사람을 사귄다. 나이와 사는 지역 등 간략히 자신을 소개할 때, 사람들은 내가 부산 사람이라고 하면 단 한 명도 빠짐없이 "서울 사람인 줄 알았어요"라는 말을 했다. 처음엔 그저 '이 계통엔 서울 사람들이 많으니까' 정도로만 생각했다. 그런데 한창 인스타그램에서 라이브 방송을 할 때에도 청취자들은 나의 "안녕하세요"만 듣고도 "작가님, 부산 사람이에요?"라고 묻곤 했다. 나로서는 정말 신기할 따름이었다. 그저 인사만 했을 뿐인데 어째서 바로 내가 부산 사람인 걸 알았을까. 부산 사람도 '안녕하세요'는 '안녕하세요'라고 하는데… 그 짧은 한마디에도 사투리의 억양이 느껴진 걸까. 그럴 때면 "네. 부산 사람입니다."라고 체념한 듯 말하곤 했다. 주위에서 쉽게 들을 수 있는 말투가 아니라서 부산 사투리가 매력적이라는 사람도 있었다. 하지만 전에 만났던 부산 사람과 안 좋게 끝났다는 이유로 부산 사람이라면 질색을 하는 사람도 봤다. 그렇게 어디에서 누군가와 이야기를 해도 부산과 관련된 이야기로 대화의 물꼬를 텄던 적이 많았다.

나는 사실, 경상도 사투리가 촌스럽게 들리진 않을까 싶은 마음에 남몰래 혼자 몇 번 서울말을 연습해본 적이 있었다. 그런데 결과적으로 나는 서울말을 절대 할 수 없는 사람이란 걸 깨달았다. 예전에 개그콘서트에서 서울말을 흉내 내던 부산 출신 개그맨처럼 내가 그랬다. 손발이 오그라들고 어색하기 짝이 없었다. 이건 아니다 싶었다. 서울 사람들과 아무리 통화를 하고 만나서 대화를 해봐도 서울 말투가 옮지 않았다. 나는 다 알아듣는데 서울 사람들은 "네?" 혹은 "뭐라고?" 하며 가끔 내 말을 다 알아듣지 못했다. 상대방도 부산 말투를 못 쓰는 것처럼 나도 그런 것뿐이었지만 사투리를 쓰는 경상도 사람이라는 건 가끔 말로는 다 표현하지 못할 답답함으로 남기도 했다.

하지만 부산에 산다는 건 서울 사람으로 하여금 그 어느 지역보다 멀게 느껴지곤 했나 보다. 일적으로 한 번은 만나야 하는 사람들은 그쪽에서 상당히 급한 일이 아닐 경우 "서울엔 가끔 오시나요?"라거나 "다음에 서울 오실 일 있으면 한번 봬요"라며 섣불리 부산으로 내려오진 않았다. 물론 상대적인 거겠지만 서울에서 부산으로 오는 건 특별한 경우였다. 대부분은 내가 서울에 올라가 볼일을 보고 다시 부산으로 내려오는 코스를 탔다. 나 역시 상대방이 부산에 살지 않고 서울에 사는 게 아쉬운데 "서울이면 좋았을 텐데", "부산이라 아쉽네요"라는 말을 더 많이 들었다. 그래서 사람들이 '인 서울'을 택하는 건가 싶다.

지방에서 할 수 있는 건 아무래도 한정적이다. 서울 사는 친구는 특정 연예인을 심심찮게 마트에서 마주친다고 식상해했지만, 부산에 그 연예인이 온다면 부산 사람들은 비싼 티켓을 예매해가면서까지 그 연예인을 보려고 줄을 설 것이다. 각종 문화공연이나 다채로운 행사도 주로 서울과 수도권에 포진되어 있다. 부산에 있는 벡스코에는 사람들의 이목을 집중시키거나 큰 흥미를 유발하는 행사가 비교적 적은 편이다. 부산국제영화제가 아니라면 부산은 문화와 예술의 도시는 아닌 셈이다. 그럴 때는 '서울에 살았더라면 어땠을까' 싶다. 더 많은 사람들을 만나거나 알게 됐을 것 같다. 부산에 산다는 이유로 제외되거나 제한된 게 있었으니 말이다.

그래도 내가 부산에 사는 한, 내가 부산 사람인 이상, 내가 받아들여야 하는 게 있다. 나와 어떤 사이건 나와 멀리 떨어져 사는 상대방도 나의 일정 부분을 감안하고 이해하듯이 말이다. 서울 사람들이 부산을 떠올리면 제일 먼저 언급하는 것이 바다인 것처럼 부산엔 서울과 수도권이 갖지 못한 바다가 있다. 바다뿐이랴. 부산 사람인 나조차 다 가보지 못한 각종 명소와 맛있는 먹거리가 가득하다. 어쩌면 이처럼 지금 당장의 마음만 앞서서 눈앞에 보이는 것만 생각했던 건 아닐까. 내가 가진 것과 내가 처한 현실을 동정하면서, 이곳과는 전혀 다른 것을 동경하면서.

내가 뭘 가졌는지는 보지 못하고, 나에겐 어떤 가능성이 있는지 알지 못하고 그렇게. 내가 살아온 환경과 내 뒷배경이 그저 남들 눈에 어떻게 보일지만 살피면서. 내가 만족하는 것들엔 딱히 큰 의미를 두지 않고, 다른 사람들이 크게 생각하는 것들은 정작 내가 시시하게 여기면서 말이다. 정작 성급한 일반화의 오류를 범한 건 내가 아닐까 싶다. 그저 나에게 없는 것을 가진 사람이 부럽다거나 그에 가까워지고 싶은 생각이 드니까. 왠지 뭔가를 하려면 그래야 할 것 같고, 통상적인 절차를 밟아야 할 것 같다. 나만의 방식으로 내가 스스로 개척해나가면서 터득하는 건 나와 너무 먼 이야기처럼 느껴질 때가 있다.

나를 내세우는 자신감이 아직도 이렇게나 부족하다. 어떤 사람들은 나의 가능성을 보고 흥행을 확신하는데. 그래도 어느 정도는 된다고 인정하는데. 나에겐 남들과는 다른 뭔가가 있다고 차별화를 두는데. 정작 나는 내가 그만한 사람이 되기나 하는 건지 의문을 품고 그런 말들을 신뢰하지 않는다. 나를 보는 사람들이 기를 살려주는 만큼 나는 늘 불만족스러운 내 모습에 기가 죽는다. 언제쯤 스스로에게 갖는 연민에서 벗어날 수 있을지, 스스로 당당하게 나서고 내가 잘하는 것을 지휘할 수 있을지, 아직까진 많은 게 어렵고 낯설기만 하다. 내가 나를 인정하지 못해 벌어지는 슬픈 장면들은 다른 사람들이 지워주고 좋은 일이 생겨도 마음껏 기뻐하지 못하는 나를, 이제는 깔끔하게 편집하고 싶다. "이건 제가 잘하는 거예요. 정말 잘 할 수 있어요." 하게 되는 날, 그때까지 아직 나에게서 빛을 보지 못한 나의 불씨가 꺼지지 않았으면 좋겠다.

어디에나 있지만
어디에도 없는 나

매일 환승하는 구간에서 자주 타는 버스가 어쩐 일인지 17분 뒤에 도착 예정이라고 한다. 오늘은 약속 시간보다 조금 늦을 것 같다. 친구에게 이런 사실을 알리고 체념한 듯 버스가 오기를 기다렸다. 버스가 늦게 온 탓에 나를 비롯한 여러 사람들이 그 버스를 탔고 버스 안도 이미 사람들로 가득했다. 앉아서 편하게 가긴 글렀다. 내리는 뒷문 쪽에 자리를 잡고 서서 가는데 내 앞에 앉은 대학생쯤 되어 보이는 여자가 인스타그램을 하고 있다. 내가 인스타그램에 들어가면 보이는 다른 작가들의 글과는 달리 사람들의 얼굴과 맛있는 음식들이 가득하다. 보려고 본 건 아니지만 나와는 다른 내용들이 주를 이루는 게 신선하게만 느껴졌다. 그런데 그 순간, 아니 이게 웬일인가. 그 사람의 인스타그램에서 내가 어제 쓴 글이 보였다. 밑으로 슥슥 내려가며 그냥 지나치던 그 사람의 손끝이 멈추고 내 글을 읽고 있었다. 잠시 뒤, 그 사람은 내 글을 다 읽고 나서 좋아요를 누르고 댓글에 누군가를 태그 했다. 그 순간 나에게도 인스타그램 알림이 왔다. 왠지 지금 확인하면 안 될 것 같아 괜히 창밖으로 시선을 돌렸다. 노래 가사처럼 "그 사람이 바로 나예요" 하며 선뜻 말을 할 수도 없다. 그런다 한들 상황이 웃길 것 같다. 글을 올리면 쌓이는 숫자만 보다가 생판 모르는 사람이 내 글을 읽고 좋아요를 눌러주는 장면을 목격하자 신기했다.

사실 그렇다. 내 글을 구독하는 사람들은 내 이름을 알지만 내가 어떻게 생겼는지, 몇 살인지, 어디 사는지, 뭐 하는 사람인지 모른다. 내 계정에 글과 일상을 같이 올려도 보는 사람들은 크게 상관없겠지만, 내가 그러지 않았던 이유는 딱히 공유할 일상이 없어서였다. 나는 이렇게나 자주 친구를 만나 술을 마시고, 매일 커피를 사러 카페에 가는데 말이다. 내가 키우는 개들도 때마다 미용을 하고 예뻐지는데. 마음에 드는 안경을 쓰고, 차분하게 차려입고 외출을 하는데. 오늘따라 같이 보고 싶은 예쁜 하늘과 하루 중 뜻깊은 순간을 알리며 소통하고 싶은데도 내 계정엔 나에 관한 그 어떤 정보도 없다. 내 거인 듯 내 거 아닌 내 거 같은 내 계정은 내가 볼 땐 하나도 재미가 없다. 그냥 일종의 메모장이나 게시판 같다. 요즘 들어 인스타그램에 흥미를 잃은 게 어쩌면 그래서일까. 글 계정의 특성상 글만 올리는 게 맞는 거라 생각했지만 내가 살아가는 모습은 하나도 없어서 가끔 부계정으로 들어가 내 계정을 둘러보면 나와 전혀 다른 사람의 공간 같다.

가끔은 나도 내 글을 오랫동안 봐온 참 고마운 사람들과 만남의 시간도 갖고 싶고, 얼굴을 보며 이야기도 나누고 싶다. 그런데 나에 대해 하나도 감을 잡을 수 없는 사람들이 나를 보게 되면 어떤 생각을 할까. 그런 생각들이 들면 나서서 자리를 만들고 싶다가도 소심해진다. 글을 쓰는 사람으로서의 나와, 그냥 나로서의 내가 다르기 때문에 쉬이 엄두가 나지 않는다. 언젠가 그런 날이 온다고 하더라도 며칠 전부터 잠을 설칠 것 같다. 당일엔 청심환이라도 하나 먹어야 겨우 "안녕하세요" 인사 정도만 더듬거리지 않고 할 수 있을 것 같다.

나처럼 글과 그림, 음악과 사진 뒤에 숨어 눈으로는 보이지 않는 사람들. 그 이면은 아무도 알아보는 이 없어 적적하기도 하고 그저 평범함에서 벗어나지 않는 지극히 보통 사람일지도 모른다. 나에 대해 오픈하고 이야기하는 것을 가려두는 게 더 편할지도 모른다. 어디에나 있지만 어디에도 없는 나는 지금 어디에 있는 걸까. 그런 생각이 드는 날 때론 멀리 있는 것 같아도 가깝게 느껴지고, 가까이에 있지만 멀게 느껴지는 건 다른 사람들이 아니라 이런 양면성을 띠는 내 모습이다.

보통날

건전지를 끼우고 스위치를 켜면 북을 치거나 앞으로 걸어가는 딱딱한 인형처럼, 정적을 깨는 알람 소리에 밤새 꺼져있던 나를 일으켜 세우는 아침. 하나의 의식처럼 욕실로 걸어가 마주 본 거울 앞에서 씻어내는 얼굴. 매일 내게 오늘의 날씨를 전해주는 지인들. 기자처럼 연예인의 열애설부터 각종 사건 사고까지 실시간으로 알려주는 친구들. 시간 가는 줄도 모르고 몰두하다가도 시간 참 안 간다며 지겨워하는 오후. 듣고 싶은 목소리도 보고 싶은 얼굴도 없이 걷는 날이면 외투 주머니에 넣어두는 두 손. 현관문을 열고 나서는 순간부터 다시 돌아올 때까지 어딜 갔다 오든 피곤함을 짊어지고 있는 무거운 어깨. 설거지를 해놓고 밥을 먹으려다가도 말끔한 싱크대를 그대로 두고 싶어 다른 걸로 대충 때우는 저녁식사. 볼 것도 아닌데 그냥 켜놓는 TV. 방안이 적적해 재생시키는 아까도 들은 플레이리스트 속 노래들. 술 한잔하자는 친구의 연락에 제일 먼저 뇌리를 스치는 건 나의 잔고와 잔여한도. 그 사람을 사랑했던 나를 잊고 나서야 비로소 잊힌 내가 사랑했던 사람. 체력이 다할 때까지 잠들지 못하는 밤. 나의 한가한 때와 너의 바쁜 날이 좀처럼 약속할 수 없는 언제 한 번. 남긴 것 없는 어제. 기억할 만한 게 없는 오늘. 기다려지지 않는 내일. 그런 날들의 반복. 내겐 자주 있는 어느 보통날.

———

4부

혼자 살아도
혼자는
아니야

꽃도 저마다
피는 시기가 다르다

1년 만에 서울에서 친구가 내려와 술을 마신 날이었다. 오랜만에 만난 만큼 서로의 안부를 물으며 분위기는 화기 애애했다. 그런데 평소에 까불거리던 친구는 그날따라 딱 봐도 고민이 가득한 얼굴을 하고 있었다. 친구에게 무슨 일이 생겼음을 직감했지만 굳이 먼저 묻지 않았다. 술병이 우리 둘보다 많아졌을 때쯤, 친구는 하던 사업을 정리하고 다시 부산으로 내려올 생각이라는 말을 어렵사리 꺼냈다.

큰 꿈을 가졌던 만큼 확신이 있었다고 했다. 하지만 막상 넓은 무대로 나가보니 경쟁은 더 치열했다고. 직원들 월급을 제때 챙겨주고 나면 적자인 달이 더 많았단다. 요즘 나라 경기가 어려워 부산에 내려와서도 자리 잡을 수 있을지를 걱정했다. 친구의 이야기를 듣다 보니 어느새 내 표정도 어두워졌고 덩달아 마음이 무거워졌다. 친구도 나도 '각자의 위치에서 버티는 게 힘든 건 마찬가지구나' 싶었다.

그래도 모처럼 나를 만나 술을 한잔하니까 그나마 좀 낫다며 친구는 나를 보며 웃었다. 무겁게 내려앉은 공기가 답답했던 우리는 자리를 옮길 겸 바람 쐬며 걸었다. 나는 친구에게 꽃도 저마다 피는 시기가 다르다고, 그러니 너도 너에게 맞는 때가 올 거라고, 서울이 너랑 맞지 않는 걸 수도 있다고. 정 힘들면 정리하고 내려오는 것도 하나의 방법이라며 친구의 등을 토닥였다.

얼마 뒤, 서울에서의 모든 일을 다 정리하고 친구는 부산으로 내려왔다. 가게를 새로 오픈했다는 소식을 듣고 다른 친구들과 같이 찾아갔다. 테이블을 꽉 채운 손님들이 돌아간 후 새벽까지 친구들끼리 회포를 풀었다. 친구는 서울에서 장사할 때보다 마음이 편하다고 했다. 타지에서 괜히 서러웠던 것도 확실히 덜하다고 했다. 그 후에 몇 번 더 찾아가서 술을 마실 때에도 친구의 가게는 손님들로 북적였다. 친구의 표정도 예전보다 많이 밝아졌고 그때마다 내 마음도 한결 가벼웠다.

오래 한 우물을 팠지만 뚜렷한 성과가 없다고 하더라도 모든 일에는 그에 맞는 때가 있다. 나를 믿고 끝까지 밀어붙인다면 원하는 결과물은 반드시 나에게로 돌아올 것이다. 내가 포기하지만 않는다면, 지정된 경로를 이탈하더라도 또 다른 길로 이어질 것이다. 지금은 비록 만족스럽지 않아도 간절히 이루고자 하는 노력은 나를 배신하지 않을 거니까. 오르막이 있으면 내리막이 있고 울퉁불퉁한 길이 다듬어지면 탄탄한 평지로 들어서는 지점을 만나게 되는 게 사람 사는 인생이 아닐까.

'할 수 있다'는 막연한 생각보다 '나니까 가능한 것'이라는 확신을 가지고 살아갔으면 한다. 잠깐 움츠러든 모습을 하고 있어도 멀리 뛰기 위해선 그런 과정이 필요한 거니까 너무 주눅 들지 않았으면 한다. 나를 믿어주는 신뢰를 바탕으로 땅에 떨어진 자신감과 자존감을 일으켜 세웠으면 한다. 돌아보면 많은 것을 해온 것처럼 당장 눈앞에 놓인 장애물에 걸려 넘어지거나 길을 잃지 않도록.

인어공주

비가 많이 오던 여름날 밤. 오랜만에 보는 이름의 전화를 받았다. 연애가 시작되면 잠수를 타고 연애가 끝나면 수면 위로 떠오르는 친구였다. 나와 다른 친구들은 그런 그 친구의 패턴을 두고 '인어공주'라는 별명을 붙여주었다. 친구는 "빗소리가 좋네. 네가 술 마시러 나오기 좋은 날이다"라며 나를 불러냈다. 그동안의 공백을 깨고 등장한 친구는 오늘 남자친구와 헤어졌다고 했다. 친구는 1년

반 정도를 연애했다. 헤어진 이유는 그 남자의 바람이었고, 친구는 자기를 만나다가 바람이 난 게 아니라 누군가를 만나면서 바람이 난 상대가 자신이라는 사실에 더 큰 배신감과 비참함을 느낀다며 격분했다. 어느 정도 흥분이 가라앉고 취기가 올랐을 때쯤 친구는 내게 "두 번 다시는 연애한다고 미쳐서 잠적하고 안 그래야지. 헤어지고 나니까 인간관계도 많이 좁아진 것 같고 아무도 없는 것 같아"라며 또 속상해했다. 그래도 한편으론 일생일대에 한 번뿐인 사랑, 열 일 제치고 충실했다는 건 쉬운 일이 아니니 너무 자책하지 말라며 친구를 다독였다.

집으로 돌아오는 길에 친구가 제한된 채로 눈치 보는 연애가 아니라 매 순간 사랑하고 사랑받으며 '서로만큼 서로의 주변도 존중해주는 그런 연애를 했더라면 달랐을까' 하는 생각을 했다. 그랬다면 주변 사람들에게 본의 아니게 소홀해지는 걸 미안해하지 않아도 됐을 거고, 헤어지고 나서야 전하는 이별 소식이 아닌 사랑할 때 가장 예쁜 모습을 그때그때 바로 보여줄 수 있지 않았을까 싶어서.

서로 사랑한다는 건 그 사람과 내가 '우리'만의 사생활을 갖고 서로를 누리는 것이다. 그렇기 때문에 남들 보다 더 각별하고 애틋하길 바라게 된다. 나를 제외한 다른 것을 일제히 차단하거나 나만의 틀에 가두려 하면 둘 다 숨이 달려서 이 공간을 벗어나고 싶어질 게 뻔하다. 그런 이유로 나는 애초에 나에게 맞는 가장 기본적인 것조차 갖고 있지 않은 사람과는 시작하지 않으려 한다. 그런 사람에게서 진심을 묻거나 찾는다는 건 내가 먼저 나서서 고생하고 그에 대한 대가도 내가 지불해야 하는 것과 같다는 걸 알았기 때문이다.

화분을 오래 잘 가꾸는 사람들은 볕이 잘 드는 곳에 두고 적당한 물을 주면서 화초를 기른다. 시든 이파리를 떼어내고 때 되면 분갈이도 해주면서 말이다. 사람도 사랑도 마찬가지다. 정말 사랑하는 사람들은 어둠 속에 서로를 방치하며 시들도록 내버려 두지 않는다. 갑자기 뿌리째 뽑지도 않고 뿌리부터 불어 터지도록 불필요한 것들을 무리해서 쏟아 붓지도 않는다. 서로에 대한 배려가 없는 사이에서 아름다운 결말을 기대할 순 없다. 내 세상을 반쯤 접어가면서까지, 상대방의 하늘을 반쯤 가려가면서까지 하는 사랑은 온전한 사랑이 아니다.

일거수일투족 감시하고 주시하는 게 사랑일까. 가까이에서 지켜봐주고 곁에서 지켜주려는 마음이 사랑이지.

우울할 땐
청소를 해요

단시간 내에 가장 뚜렷한 결과를 볼 수 있는 게 청소라고 생각한다. 나는 스트레스를 많이 받거나 마음이 어수선할 때면 청소를 하는데 주로 그런 상황들은 갑자기 벌어진다. '요즘 너무 무기력한 것 같다'는 생각이 들면 일단 가볍게 책상 위부터 치우기 시작한다. 한 번 시작하면 나의 동선을 따라 체계적으로 정리하지만 대부분의 날은 그냥 그대로 둔 채로 지낸다. 말끔히 정돈된 집과 내 방을 둘러보면 마음이 덩달아 차분해지는 효과가 있어서 나는 가끔씩 정신이 혼탁할 때면 청소를 한다.

하지만 인간관계에선 정리하거나 새로 들이는 게 어느 날 갑자기 한순간에 실행되지 않았다. 누군가를 새로 받아들인다는 건 목적이나 검열이 필요 없었지만, 정리하고 끊어낼 때에는 하나의 사건으로 인해 밤새 조서를 써야 할 때도 있었다. 나는 흔히 말하는 '인연을 끊는 것'에 취약했던 사람이었지만 그런 나로 하여금 등을 돌리게 하고 곁을 떠나게 하는 사람들은 다양한 방법으로 나를 찾아왔다가 다시 혼자 돌아가곤 했다. 처음에야 '그래도, 그래도' 하는 마음에 지켜봤지만 밑 빠진 독에 물을 부으며 '언젠가 차겠지' 했던 것은 어리석은 짓이었다. 사람은 쉽게 변하기도 했지만 또 '사람만큼 잘 안 변하는 것도 없다'는 것을 각인시킬 뿐이었다.

사람이 머무르는 모든 곳은 주기적인 청소와 정리가 필요하단 생각이다. 필요할 때 찾으면 어디에 뒀는지 몰라 하나를 위해 열을 어지럽히기도 했던 내 책상 서랍처럼, 사람과 사람 사이에 늘 좋은 기류만 흐를 수 없다는 걸 알게 된 스물아홉의 겨울처럼. 바쁜 사람의 바쁨을 챙긴다기보다 바쁨을 이해하는 편을 택하진 않았는지, 그저 얌전히 그의 바쁨이 지나가기를 기다리고만 있진 않았는지, 바빠서 챙기지 못하는 제때의 끼니를 챙긴 적은 있었는지. 때로는 둘이 속해 있는 관계의 방을 지속적으로 환기시키는 게 중요하다. 그래야 서로를 받아들이는 호흡기에 염증이 생기지 않을 테니 말이다.

내 방에는 내가 발 뻗고 잘 공간만 있으면 되는 게 아니듯이, 내가 돌아눕거나 몸부림을 쳤을 때 걸리적거리는 게 없을 만큼의 여유 공간도 필요하다. 내가 누군가의 책상 위에 어질러져 있는 것이 될 수도 있고, 누군가가 나의 책상을 어지럽히고도 뻔뻔하게 드러누워 있을 수도 있다. 일상생활에 지장은 없지만 나의 평정심을 흐트러뜨릴 수 있는 것들, 나만 괜찮으면 아무 문제가 되지 않는 것들, 그런 것들이 켜켜이 쌓이면 언젠가부터 알게 모르게 나를 갉아먹는다.

청소를 날 잡아서 하면 대용량 쓰레기봉투가 필요하듯 한꺼번에 많은 것을 단번에 해치우려면 체력과 시간이 배로 들기 마련이다. 그러니 그때그때 나를 중심으로 생각하고 내 주변을 둘러싸고 있는 것들을 찬찬히 살펴봐야 한다. 나에게 해로운 것들로부터 내가 상하지 않도록, 거기에 익숙해져 스스로 나빠지는 것을 체념하지 않도록, 나와 내 주변의 환경은 내가 하기에 달렸다는 걸 잊지 않았으면 좋겠다.

모든 건
다 한때

　　이십 대 초반, 매일 종횡무진 밤거리를 누비며 술과 분위기에 같이 취했던 친구들이 있었다. 그때 우리는 사랑보다 우정이었고, 실과 바늘처럼 어디를 가든 항상 함께했다. 그런데 이십 대 중후반에 들어서면서부터는 분위기가 사뭇 달라졌다. 일찌감치 사회로 나가 돈을 벌던 친구들과 대학 졸업 후 이제 갓 취업을 한 친구들이 같은 날 한자리에 모인다는 건 예전만큼 쉽지 않았다. 만나도 서로 다른 이야기를 하는 통에 공감대가 없었고 그만큼 재미도 반감되었다. 근황을 들어보면 작년보다 올해가 더 중요하다고 하고, 조금씩 각자의 자리에서 성장하는 만큼 내년을 기대하고 있었다. 각자 갈 길이 달랐던 만큼 따로 바빴고, 그런 이유로 '언제 한 번 따로 보자'는 말만 어렴풋이 남기고 만남은 서서히 뜸해졌다.

하지만 나에겐 그 친구들이 아니더라도 사회생활을 통해 사귄 새로운 친구들과 직장동료들이 있었다. 매일 보는 사람들과 퇴근 후에 밥을 같이 먹거나 업무로 쌓인 스트레스를 풀며 술을 마시는 게 편했기에 빈자리를 크게 느끼지 못했다. 마치 학교 다닐 때 한 학년 올라가서 단짝 친구와 다른 반으로 배정되면 새로운 친구들을 자연스럽게 사귀는 것과 비슷한 과정을 한 번 더 거치는 것 같았다. 어떻게 보면 우정이라는 문신을 새기기보다는 말로만 금세 지워질 얼룩처럼 서로에게 낙서했을지도 모른다. 물론, 그때 어울려 놀던 친구들 모두가 모두를 잃은 건 아니었다. 아직도 가끔씩 서로의 안부를 묻고 명절이나 연말에 한 번씩 만나는 친구들도 있다. 하지만 그 외의 친구들은 지금은 어디서 뭐하고 사는지 알 수 없다. 유행처럼 한 시절을 보냈지만 결국 한 시대도 넘어가지는 못했던 하나의 에피소드가 된 셈이다.

그러다 스물아홉에 문득 그동안 잊고 지냈던 것들이 생생하게 되살아나 하루하루가 이십 대의 마지막 날이라며 아쉬워했고 삼십 대로 들어서는 것을 두려워했다. '아홉수란 이런 것인가'를 실감할 정도로 잔병치레가 잦았고 모든 일이 뜻대로 풀리지 않았다. 이십 대를 회상하는 데에만 자그마치 6개월을 썼다. 찬찬히 돌이켜보니 이십 대를 반쯤 찢어놨던 가슴 아픈 사랑도 덧없이 느껴졌다. 그때 한창 어울려 놀던 친구들을 잊고 사는 걸 보면, 사람이 서로에게 집중적으로 왕래하는 시기는 정해져있는 게 아닐까. 그렇게 하나씩 정리하다가 마침내 '모든 건 다 한때'라는 생각을 했다.

예전엔 나를 알았지만 이제는 모르는 사람들의 이름과 얼굴이 주마등처럼 스쳐 지나갔다. 다시 돌려보고 싶은 장면도 있었고 두 번 다시는 생각조차 하기 싫은 기억들도 잠시 떠올랐다가 이내 가라앉았다. 누가 내 나이를 물어보면 서른이라는 말이 낯설지 않을 무렵엔, 이십 대의 기억은 감명 깊게 본 어느 영화의 제목처럼 남았다. 그때와 달리 이해하지 못했던 것들에 관대해지고 사사로운 것에 연연하지 않게 된 지금을 본다. 나는 변함없는 나인데 분명한 변화의 흔적이 있다. 그런 과정에서 낯선 나를 받아들여 이젠 익숙해진 현재의 내 모습은 저절로 된 게 하나도 없다.

가장 최선의 노력으로 최악을 면하는 것만으로도 누군가에게 좋은 사람으로 기억될 수 있을 거라는 생각도 든다.

가끔씩 어느 시절, 어느 계절을 함께했던 사람은 나만 알 수 있는 고유의 번지수를 갖는 것 같다. 첫사랑이 갖는 번지수는 언제 어느 때 떠올려도 '나의 스무 살, 그해 여름'과 같은 방식으로 읊어지는 것처럼. 긴 시간을 함축시켜 그때로 표현할 때, 서로에게만 유효한 하나의 코드로 남는 것. 언제라도 다시 떠올리면 미간이 찌푸려지거나 표정이 굳어지지 않는 것들을 기억으로 남기고 싶다. 예전의 그 추억엔 이제 아무도 살지 않는다는 것을 깨달았기 때문이다. 그때는 그때로 간직하고, 지금은 지금대로 충실하며 후회를 최소화하고 싶다. 언제라도 보면 되는 사람이 아닌, 언제나 보고 싶은 사람으로 늘 누군가의 가까이에 있고 싶다. 내 생의 모든 기록들이 하나의 점을 이루어 내 이름을 써 내려갈 때, 오차 범위 내에서 틀어지고 벗어나 오점으로 남지 않도록. 그런 한때가 모여 지금의 내가 있음을 사는 동안 잊지 않도록. 잠시나마 각자의 곁에 머물렀던 서로를 잊고 살다가 문득 다시 떠올렸을 때 슬프지 않도록.

멀어지는 데
이유가 없다

　쉬는 날이라도 사람 만나는 게 귀찮아지면 이불을 덮고 누웠다. 그렇게 사람에 한가해지니까 나에게 비중이 적은 사람들과는 자연스레 멀어지기 바빴다. 하루 중에 내 시간을 제외하고 사람을 챙길 수 있는 시간은 거의 없었다. 어쩌다 알게 된 사람과 부쩍 자주 만나면서 가까워진 사람을 포함해서 여러 사람들과 만나고 그들을 챙겨봤지만 내가 가진 시간과 나 혼자의 힘으로는 역부족이었다.

그러는 사이 정작 나 하나도 못 챙겼고, 내가 했던 만큼 나를 챙겨주는 사람은 잘 없었다.

카톡으로 메시지를 주고받아도 매일 연락하는 사람은 정작 몇 없다. 부모님과도 매일 연락하지 않는 데다가 업무상 속해있는 단체 채팅방과 친한 사람 한둘, 애인이 있으면 애인과 연락을 가장 많이 하지만 애인이 없을 때엔 핸드폰도 솔로였다. 늘 바쁜 사람은 아니지만 턱없이 짧은 주말에 만날 수 있는 사람 수는 정해져 있었고, 다음 달에 사람 만날 스케줄이 한 달 전부터 이미 꽉 차 있을 때도 있었다. 일 년 내도록 '언제 한 번 보자'는 말만 하고 아직까지 만나지 못한 사람들도 있다.

살아보니 나만 그런 것도 아니었다. 그래서 점점 그렇게 지내는 게 편해졌다. 처음에 미안했던 것도 가면 갈수록 확연하게 줄어들었다. '쟤도 연락 하나 없는데 뭐' 이런 생각들은 합리화에 힘을 주고 등을 돌릴 때의 마음을 한결 가볍게 했다. 뭘 바라고 한 건 아니었지만 나만 일방적으로 연락하고 약속을 잡으려고 하는 건 영 형편없게 느껴졌다.

어릴 때야 말싸움을 하고 잘잘못을 따져가며 "너랑 안 놀아!", "절교하자!" 하고 끝내는 장면이라도 있었지만, 어

른이 되고 나서는 서로에게 실수하고 실망하는 일이 없는
데도 자연스럽게 멀어지기도 했다. 이렇다 할 일이 없어
도 그렇게 됐다. 나와 상대방 중 누구 하나의 잘못이라기
보다, 그저 각자 바쁨에 따라 서로 잊힌 것을 누구를 탓하
겠는가. 보다가 안 보면 영영 볼 수 없게 되는 것도 슬플
일이 아니었다. 무소식이 희소식일 때도 있지만 무소식으
로 서로 아무것도 모르다가 아무 사이도 아닐 때로 돌아
갈 때도 있었다. 처음부터 내 사람들만 손에 꼽아두고 다
른 사람들에겐 넓고 얕게 대한 게 아니었기에 때론 더 씁
쓸하다. 하지만 사람들은 이유 없이 종종 사라지고 어느
날 갑자기 예고 없이 찾아오곤 한다. 안 보려고 굳이 노력
하지 않아도 자연스레 만나고 살지 않는 사람들이 늘어갈
때면 인간관계가 부질없이 느껴지기도 한다.

　　살다 보니 만나게 되고, 사느라 멀어지는 것이 더 이상
슬프지 않을 때, 우리는 원하고 바라던 모습에서 멀어져 한
뼘 더 자라고 한층 더 외로워지는 어른이 된다.

기계적
오류

하는 일과 매일에 맞춰 일정한 패턴대로 생활하다 보
면 가끔 사람이 공장의 기계 같다. 사랑하는 사람의 마음
이 변한 것 같아 이별을 예감하는 순간, 도망치듯 가버린
사람과 갑작스레 헤어진 다음날부터는 잘 돌아가던 기계
가 갑자기 멈춰 서듯 어느 한 사람은 반드시 고장나곤 한
다. 연애를 시작하기 전과 연애 초반, 서로를 알아가는 과
정에서 두 사람은 나를 설명하고 이야기하게 된다. 그런

데 서로에게 연애가 이번이 처음이 아니라는 이유로 지금의 사람에 대한 사용설명서를 제대로 읽지 않는 사람이 있다. 한 사람이 미숙했던 탓에 결과적으로 멀쩡하던 기계가 망가지고야 마는 것. 그렇게 비극은 시작된다.

순조롭게 작동하는 기계의 프로그램을 종료하고 전원 버튼을 눌러 정상적으로 끄지 않고, 연결된 코드를 바로 뽑는 것처럼 상대방이 내 마음대로 되지 않는다는 이유로 나에게 모든 신경이 다 쏠려 있는 상대방의 어떤 것을 무시하고 서로가 연결된 선을 그냥 툭 뽑아버리는 것.

싸우고 화해를 해도 어딘가 찜찜함이 남을 때면 누구한 사람이 혼자 힘으로 오류가 났던 것들을 억지로 되살려 겨우 작동이 가능한 상태로 회복시켰다는 것.

조만간 이 사람에게서 정리되거나 우리가 헤어질 것 같은 예감이 드는 날엔 반응 속도와 처리 속도가 느려 새 기계로 교체하기 전까지만 임시로 쓰는 낡은 기계가 된 것 같은 기분을 느끼는 것.

그러다 결국 헤어진 다음날엔 아직은 더 쓸 수 있는 기계라 중고 시장에 내놓은 매물처럼 전혀 다른 세상에 덩

그러니 혼자 남아 낯선 사람에게 헐값에 넘겨질 것 같은 처량함을 끌어안는 것.

핸드폰을 새로 바꾸면 사용설명서 없이도 늘 쓰던 어플을 다시 설치하고 사용이 편리하도록 설정하는 것처럼, 마치 이 정도는 어렵지 않다는 듯이 상대방에게 적응하는 게 비교적 빠르지만 그만큼 쉽게 질려 다시 새로운 것을 찾는 것.

이렇듯 기계와 사람을 맞대어보면 묘하게 닮은 구석이 많다.

만약 내가 그런 기분과 처지에 놓여있다면 과연 온전하고 정상적인 일상생활이 가능할 수 있을까. 이런 일이 없던 평소와는 전혀 다를 수밖에 없다. 아무리 아닌 척해도 아닌 게 아니라서 힘들다. 나의 그런 일화를 아는 사람들이 내 상태를 물어볼 때, 아무리 괜찮다고 말한다 한들 모든 것에 잠시 손을 놓고 있는 나는 점점 체력 소모만 커질 뿐이다. 마치 핸드폰이 충전기에 덜 꽂혀 전혀 충전되지 않는 것처럼 말이다. 그 상태로는 며칠이 지나도 100퍼센트로 절대 회복되지 않는다. 차라리 방전에 가까워지는 게 빠르다.

내가 쓸모없는 게 아니라 나를 쓸 줄 몰랐던 사람 때문에 벌어진 일이라면 이건 얼마나 억울한 일인가. 세상 유일한 내가 주는 사랑을 받는 법도 모르고, 진심으로 사랑할 줄도 모르는 사람 때문에 내가 이렇게까지 아파야 하나. 기계를 전혀 다룰 줄 모르는 사람 손에 맡겨진 탓에 나는 수차례 잔고장을 일으키는 골치 덩어리쯤으로 여겨지거나 수시로 먹통이 되어야 했으니 내 속은 이미 곪아서 퉁퉁 부었을 것이다.

쇠에 물이 닿으면 녹슬 듯 이런 슬픔과 아픔을 혼자 견디지 못해 울어버리면 멀쩡한 마음에도 녹이 스는 것 같다. 그 사람에게 줬던 마음이 아예 못쓰게 되어버렸을 때에야 지금까지의 모든 일들이 나에게로 한꺼번에 서럽도록 쏟아진다. 내 손으로 뒤처리까지 해야 하니까 이건 정말이지 못할 짓이다.

여러 가지를 동시에 켜두면 열이 나고 느려지는 기계 같은 상황이 나의 현실이라고 해도, 이젠 그냥 하나씩 다 끄고 이 시스템을 종료하고 싶다. 시간이 지나 열이 식으면 깔끔하게 재부팅하면 되는 일이다. 그리고 마침내 눈 앞에 펼쳐진 화면은 다시 시작하는 나의 새로운 배경이 되어줄 것이라 믿는다.

내로남불

말 그대로 내가 하면 로맨스, 남이 하면 불륜이다. 그런데 유독 가까운 사람에게 이런 식의 이중 잣대를 들이미는 사람들이 있다. '나는 되는데 너는 그러면 안 된다'는 식의 불공평한 공식을 성립하고 그걸 상대방에게만 적용하며 이해시키려는 문항들은 다양하다.

예를 들자. 내가 사람들이 여럿 모이는 술자리에 간다

고 하면 애인은 너는 믿는데 다른 사람은 못 믿으니까 가지 말라고 한다. 오랜만에 이성 친구를 만날 약속이 있다고 하면 너는 내가 알지만 그 사람은 잘 모르니까 싫다고 또 가지 말라고 한다. 내가 그런 쪽으로 동종 전과가 있는 것도 아니고, 그런 만남으로 속 썩이는 일도 없었는데 말이다. 그럴 때면 '난 아무도 만나지 않고 애인만 만나야 하나' 싶은 생각과 애인이 내 사생활을 침해하는 것 같은 기분에 숨이 막힌다. 기가 차는 건 나는 저런 이유로 가지 말라고 하면서 정작 본인은 가겠다고 해서다. 그 이유는 이렇다.

"예전에 만났던 사람이랑 그렇게 헤어진 적이 있어서 그래", "남자는 늑대고 여자는 여우야. 그래서 안 돼", "걔랑 나랑은 네가 생각하는 그런 거 아니야", "우리는 정말 그냥 친구야."

그럴 때면 속으로 생각한다. 아니, 누구는 끝이 아름다운 이별만 한 줄 아시나. 남자고 여자고 간에 사람은 사람인데, 내가 뭘 생각하길래 그런 게 아니라는 건지 먼저 좀 말해줬으면 좋겠다. 나는 뭐 그냥 친구가 아니라 만날 때마다 설레는 특별한 마음이라도 갖고 있는 줄 아는 건가. 내가 다른 사람을 만날 때마다 네가 열을 내면 너와 가장 가까이에 있는 내가 데여서 깜짝 놀란다는 걸 모를

까. 귀여운 질투를 넘어 겁나는 구속이 되면 마치 취조를 받는 것 같은 나는 죄가 없어 억울할 거란 생각은 못할까.

이런 이야기를 듣고 있으면 내가 아무리 사랑한다고 해도 그 순간만큼은 싫다. 어째서 본인이 주장하는 공식들을 나에게도 똑같이 적용하진 않는 걸까. 정 걱정되고 신경 쓰이면 그렇게만 말해도 알아들을 텐데. 그럼 일찍 자리를 끝내고 집으로 돌아가는 길에 그 사람 목소리를 조금 더 듣는 것을 택할 텐데. 다짜고짜 하지 말고 가지 말라고만 하니까 마음이 삐뚤어져서 대놓고 더 하고 싶어질 때도 있다. 이건 마치 나는 잔디밭, 그 사람은 '들어가지 마세요' 하는 팻말 같다. 친구들은 그 사람 때문에 나라는 잔디밭에 발을 딛지 않을 것이다. 그 앞에 서서 망설이기만 하겠지. 그렇게 점점 나를 찾지 않게 될지도 모른다. 괜히 저 때문에 내가 애인과 싸우게 되는 걸 바라지는 않을 거니까.

그 외에 본인도 안 하면서 나에게 왜 안 하냐고 하는 것들은 더 있다. 말하면 걱정할까 봐 본인의 힘든 얘기, 몸이 아픈 얘기, 안 좋은 이야기는 말하지 않으면서 나도 같은 이유로 말하지 않으면 "그래도 너 힘든 거 나는 알아야지", "아프면 나한테 제일 먼저 말했어야지", "나한테 왜 말을 안 했어" 하며 오히려 서운하다고 내 탓을 하기도 한다.

사람은 누구나 자신의 속내를 다 드러낼 수 없는 부분이 있다. 본인은 그러지 않으면서 나만 일일이 다 보고해야 하고 허락받아야 하는 게 정당한 걸까. 정말 이런 게 둘이 좋아서 하는 연애고, 서로 죽고 못 사는 사랑일까. 과연 나를 진심으로 좋아하고 진정으로 생각해주는 사람이 맞는 걸까. 그 사람으로 인해 이런 생각이 드는 내가 이상한 것 같진 않은데.

우리는 서로를 지켜주는 사이인 줄 알았는데 그것도 아닌 것 같다. 나를 가둬놓고 지켜보며 감시 당하는 기분을 떨칠 수 없다. 나를 믿는다지만 실은 '나를 못 믿어서'라는 생각이 강하게 들수록 이젠 그만두고 싶어진다. 그렇게 자연스레 끝을 생각하게 된다. 얼마 못 가 그런 이유로 헤어지게 된다. 딱히 상처라고 할 것도 없어서 이번엔 후유증이 오래가지 않을 것 같다. 헤어졌다는 것을 후회하지도 않는다. 다음번에 만날 사람이 이러지만 않는다면 생각보다 빨리 다른 사랑을 시작할 수 있을 것 같기도 하다. 이런 경우는 수술을 하고 입원을 해야 하는 심각한 상황이 아닌 만큼 나는 의외로 금방 회복할 것 같다.

　내가 그 사람에게 그랬듯 정말 사랑하는 사람은 그러지 않는다는 걸 다시금 알았으니까. 그 사람이 나에게 했듯, 아무리 사랑한다 해도 그러면 안 된다는 걸 뼈저리게 느꼈으니까.

권태,
그 곁에서

　십 년 동안 두 번의 연애를 했다. 한 사람을 몇 년씩 만난 셈이다. 십 년을 알고 지낸 친구는 질리지가 않는데 십 년이란 시간 안에서 나는 두 사람에게 정확히 딱 두 번의 권태를 실감했다. 처음 권태를 느꼈을 땐 서로에게 동시에 와서 생각할 시간을 가졌다. 두 번째는 권태를 느낀 시점이 서로 달라 내가 이상하다가 괜찮아지고, 상대방이 방황하다가 제자리로 돌아오기도 했다. 그 와중에도 서로가 싫은 건 아니라서 더 어려운 게 권태였다.

내가 느꼈던 권태라는 감정은 팽팽하던 둘 사이에 긴장감이 풀리면서 약간의 느슨함을 동반하는 것 같았고, 기존의 설렘이 사라진 게 아니라 새로운 설렘이 없었다. 서로 잘 알아서 더 이상 알아갈 게 없다기보다 모르는 게 없을 만큼 달달 외웠는데도 종종 까먹었다. 매운 걸 못 먹는 걸 알면서도 매운 걸 먹으러 가자고 했다가 '아 맞다. 매운 거 못 먹지' 하고 상황에 들이닥쳐야만 아차! 하고 깨닫는 것. 아프다고 하면 약을 사다줬었는데, 병원 가보라는 말로 바뀐 정도. 그냥, 상대방이 무슨 말을 하든 나도 그렇다는 식으로 대답하는 것.

춥다고 하면 "나도 추워" 피곤하다고 하면 "나도 피곤해" 그렇게 서로가 한마음일 때처럼 나누는 대화마저 일체형이 되는 것. "왜 이럴까?" 하고 물으면 나도 "왜 그럴까?" 하고 같이 고민했던 게 "나야 모르지" 이렇게 되어버린 것. 딱히 오해할 상황도 많이 없지만 그만큼 관심의 폭이 줄어드는 것. 서로에게 맞춰주면서 조금씩 달라지던 것들이 다시 원래 모습을 되찾는 것. 누가 먼저라 할 것 없이 마치 정해진 듯 자연스럽게. 헤어지고 싶은 건 아닌데 뜨겁지도 차갑지도 않은 이런 미지근한 사이가 이대로도 괜찮은 건지 생각만 많아지는 그런 거.

　사람이 참 간사하게도 내가 권태를 느낄 땐 모르다가 상대방이 나에게 권태를 느낀다고 하면 서운하고 불안하고 그렇다. 내가 잘 넘겼듯이 이 사람도 잘 넘겨줬으면 좋겠다. 둘 사이를 혼자 알아서 풀어나가야 하니까 풀기 귀찮을 때도 있고, 나만 골치 아픈 상황이 짜증나기도 한다. 이 사람은 여전히 나를 사랑해주는데 나는 안 그런 것 같아서 내가 나쁜 사람 같을 때도 있다. 나만 우리가 같이 있는 방이 답답해서 잠깐 밖에서 바람 쐬고 싶어지는 게 미안하다.

　하지만 권태도 밑바탕이 잘 다져져 있을 때에나 오는 건 확실하다. 컵에 담긴 물도 어느 정도 차 있어야 툭 치면 쏟아지는 법이다. 나에게 너만 한 사람 없다는 걸 알면서도, 그냥 나 혼자 잡생각만 늘어가는 것이다. 여러 가지 이유로 삶에 권태가 오면 전염되듯 이 사람에게까지 퍼진 것 같기도 하다. 나를 잡아줄 사람 앞이라서 이런 태세를 취하는 걸지도 모른다. 내 사랑이 식었다면 상대방의 따스함도 바라지 않을 텐데 그건 또 아니니까. 이 사람 없이 살 수 있을까. 당장 내일부터 볼 수 없다면. 우리가 아예 남이 된다면 그래도 괜찮을까. 그렇게 극단적으로 생각해보면 섣불리 그 어떤 답도 내릴 수가 없다. 쉽게 생각해서 점심때 소고기를 먹었는데 저녁에도 소고기를 먹으려니까 잘 안 먹히는 것과 비슷하진 않을까. 서로 사랑하는 사이라 더 사랑하고 또 사랑하려는 게 단지 사랑하는 마음 위로 얹혀서 속이 약간 더부룩한 상태. 그런 건 아닐까. 늘 좋을 수도 늘 나쁠 수도 없는 기분의 매일처럼. 한 사람에게 한 가지의 마음만 쓰는 게 아니다 보니 뒤죽박죽 어질러져 있는 모양새가 영 내 마음에 들지 않는 것. 누군가 곁에 있어야만 그 사람에게 가질 수 있는 마음이라는 것. 그리고 이런 와중에도 나는 혼자가 아니라는 것.

권태, 그 곁에 서 있으면 더 많이 사랑해주지 못해서 미안한 마음과 그럼에도 불구하고 나를 사랑해주는 예쁜 마음이 다시 보여 못되게 흔들렸던 내 마음이 운다.

마음이 있어야
가능한 일

친한 동생에게서 전화가 왔다. 이번 달 월급이 다음 달로 미뤄져서 힘들다고 술 한잔 사달라는 연락이었다. 나도 당장 넉넉한 여유는 없었지만 일단 알겠다고 하고 동생 집 근처에서 만나기로 했다. 가면서 생각해보니 오늘 하루 술 사 먹이는 것보다 마트에서 장을 봐서 냉장고를 좀 채워주는 게 더 낫겠다 싶어 동생을 만나 마트로 갔다. 선뜻 장바구니를 채우지 못하는 동생에게 괜찮다며 당분

간 먹을 것을 담으라고 했다. 이것저것 담고 계산을 하니
5만 원이 조금 넘었다. 어차피 술을 샀더라도 그 정도
는 됐을 터. 동생 집에서 간단하게 안주를 만들어 술을 마
시고 내일 출근을 핑계 삼아 집으로 돌아왔다. 그날 밤, 동
생은 장문의 메시지로 연신 고맙다고 했다. 나도 내심 내
가 현명했다고 뿌듯해했다. 나중에 월급 타면 밥이나 사
라며 대화를 아름답게 마무리했다. 다음날 아침, 나는 숙
취 없이 일어나 평소보다 가벼운 마음으로 출근을 했다.

이렇듯 사람이 사람에게 마음이 없으면 하지 않는 것
들이 있다. 세심하게 누군가를 챙긴다는 건 그 사람을 생
각하는 마음이 있어야 가능한 일이다. 내가 너무 여유로
워 누군가를 위하고 챙기는 게 손톱만큼도 부담되지 않는
다면 더할 나위 없이 좋겠지만, 나도 힘든데 나만큼 누군
가를 생각한다는 건 결코 쉬운 일이 아니다. 마음이 없어
도 돈은 쓸 수 있지만, 마음을 쓴다는 것엔 금전적인 것 그
이상이 덧붙어서 온다. 당장 형편이 어려운 동생이 불쌍
해서 돈 몇 푼 쓴 게 아니라 그럴 때일수록 잘 챙겨 먹어
야 한다는 마음을 담아 건넸던 것처럼 말이다.

누군가 당장 목이 마른 당신에게 시원한 물을 주고,
하루 종일 텅 비어 있던 속을 든든히 채워준다면, 고단할

당신을 위해 따뜻한 차 한 잔과 포근한 잠자리를 준비해 준다면 그건 다 마음이 마음으로 하는 일이 아닐까. 하나부터 열까지 오로지 당신만을 위한 누군가의 마음이 하는 일. 모르고 지나치더라도 알아주길 바라는 마음이 아니라, 한 사람의 마음이 먼저 나가 지금 당장 너무 힘든 당신을 알아보는 일.

사랑하면서
다 잊었어요

누군가를 진심으로 사랑해본 적 있다면 알 거예요. 그 사람은 나를 울려도 울리지 않았다는 것을 말이에요. 밉다고 말은 해도 모든 마음으로 미운 적 없었다는 것을요. 혹시 그런 적 있지 않나요? 그 사람이 나를 힘들게 하고, 나에게 못 해준 게 더 많아도 그 사람과 같이 있어서 너무 좋은 순간이면 그런 것들은 하나도 생각나지 않는 거. 참 이상하죠. 그 사람을 만나면서 그 사람이 언제라도 미안해할 것들을 나는 순간순간 바로 다 잊었다는 게 말이에요. 그래서 그때마다 괜찮다는 말이 아예 거짓말은 아니었던 거예요. 그 사람과 함께 했던 모든 것들, 하나도 잊은 거 없고 한 번도 잊은 적 없다고 말했던 게 지금 생각해보면 하나도 빠짐없이 다 나는 너무 좋았던 거죠. 나에게 나빴어도, 나를 아프게 했어도 나는 좋았다는 거예요. 사랑하며 겪는 시행착오 같은 것들은 그 사람 모르게, 나도 모르게 다 잊고 사랑했다는 게 나조차 신기할 때가 있어요.

사랑했던 것을 기억하는 만큼 사랑한다는 이유로 참많이도 잊었습니다. 그 사람의 미안하다는 말에 되려 내가 작아지고 내가 더 미안해질 정도로 무던히 사랑에 열심이었어요. 사랑을 잘 하진 못하지만, 그래서 이별도 매번 받아들이고 인정하는 게 더더 힘들었지만, 누군가를 사랑하면서 잊어온 것들은 잘한 일 같아요. 좋았던 것들까지 싹 다 잊어버리면 그때의 우리는 어떻게 설명하나요. 누구에게 이야기할 수 있나요. 그래서 나는 그 사람을 잊어가면서까지 사랑했던 것을 후회하지 않아요. 내가 더 좋아했다고 하더라도, 나만큼은 아니었어도 나를 좋아했던 그 사람도 그렇게 나를 잊고, 그만큼 기억했으면 좋겠어요.

누군가를 진심으로 사랑한 후에, 그래도 그 사람에게 고맙고 내가 미안한 것만 남았을 때, 그때 알았어요. 적어도 그때만큼은 그 사람에게 사랑받았던 내가 다 잊었다는 것을요. 나는 그런 사랑을 했어요.

단 한 번, 내가 했던 사랑은 그랬습니다.

가끔
그럴 때가 있어

나 혼자 옆자리에 아무도 없이 차를 몰고 가는 거야.

인생은 혼자라는 걸 실감할 때처럼.

그러다 빨간불을 보면 잠시 멈추고 기다려야 해.

적당한 때를 기다리는 것처럼.

그렇게 곧 있으면 바뀔 초록불을 기다리는 거지.

언제까지 이렇게 힘들기만 할 건 아닌 것처럼.

다음 신호를 만날 때까지 그냥 앞만 보고 달려가.

나는 내 갈 길을 가는 것처럼.

가다 보면 사고 현장을 지나칠 때도 있어.

좋지 않은 상황에 놓인 사람들을 보게 될 때처럼.

그곳을 스치면서 핸들을 잡은 손에 힘이 들어가.

어떤 계기로 인해 마음을 다잡게 되는 것처럼.

매사 조금 더 조심하게 돼.

나만 잘한다고 아무 문제가 없는 건 아닌 것처럼.

그런데 그런 도로에서 무단횡단을 하는 사람도 봐.

예고 없이 찾아오는 장면은 언제나 낯선 것처럼.

어떨 땐 주차할 곳을 찾아 근처를 맴돌기도해.

쉬고 싶어도 쉬지 못하고 마음만 바쁜 것처럼.

자고 일어나서 보면 어딘가 긁혀 있을 때도 있어.

어디서 다친 건지 모를 상처가 생긴 것처럼.

더러워졌거나 중요한 날에는 세차도 해줘야지.

신경 써서 차려입고 어느 자리에 참석하는 날처럼.

항상 연료를 넉넉히 채워두는 거야.

크게 힘쓸 일이 없더라도 때가 되면 밥을 먹는 것처럼.

모르는 길은 물어보고 가야 해.

잘 알고 있던 것도 기억 안 날 때가 있는 것처럼.

있잖아. 나는 가끔 산다는 게 그럴 때가 있어.

그래서 말인데 한 번쯤은 물어보고 싶었어.

있잖아, 너도 가끔 그럴 때가 있어?

사진을
제공해주신 분들께
감사드립니다.

홍민아 (@mingna.h)
김연실 (@katieyeonsilkim)
최윤지 (@callmynameyunza)
조아라 (@scrupuleux_r)
이미선 (@so_you___)
정윤정 (@yunjong7)
임예빈 (@milneebey1)
강민주 (@___24.01)
정다은 (@hijjungda)
이정은 (@richrichie.163)
브라우니